U0452510

聆听史诗丛书

何德修 编

江格尔传奇

五洲传播出版社

目录

前 言

第一回
江格尔横空出世……………………………………1

第二回
江格尔与阿勒坦·切吉之战…………………………20

第三回
萨纳勒归顺江格尔……………………………………38

第四回
洪古尔降服萨布尔……………………………………53

第五回
萨纳勒的远征…………………………………………65

第六回
萨布尔勇建奇功………………………………………86

第七回
洪古尔勇擒阿里亚·孟胡赖..................97

第八回
江格尔大战暴君包若·芒乃汗..................106

第九回
恶魔夏拉·蛄尔古的覆灭..................126

第十回
江格尔舍身勇救洪古尔..................159

第十一回
暴君哈拉·肯尼斯的灭亡..................170

编后记..................185

前言

《江格尔》是蒙古族的一部口传文学,是中华民族文化宝库中的一颗璀璨的明珠,与藏族的《格萨尔》、柯尔克孜族的《玛纳斯》并称为中国少数民族三大英雄史诗。约在公元13世纪前后,《江格尔》由蒙古准噶尔、和硕特、土尔扈特、杜尔伯特四卫拉特部民间艺人共同创作完成。

史诗描写了江格尔的坎坷身世。他出生不久,蟒古斯高力金入侵宝木巴,其父母双双罹难,他被藏进山洞躲过一劫。猎人蒙根·希克希尔格偶然发现了他,为他取名江格尔。江格尔在山上与动物为伴,接受天地灵气,练就非凡本领,两岁时下山杀死高力金,收回宝木巴,为父母报仇雪恨。三岁时他又杀了蟒古斯杜力栋，此后征服了草原上四十个可汗，率领十二个大巴特尔、三十三个伯东、六千零十二名勇士南征北伐，抵御入侵之敌，将宝木巴建设成为一个人畜兴旺、没有孤儿和鳏寡、没有冻饿和战乱、人民安居乐业的理想家园。

江格尔的宝木巴地方，
是幸福的人间天堂。
那里的人们永葆青春，
永远像二十五岁的青年，
不会衰老，不会死亡……

史诗表达了蒙古族人民崇尚英雄、热爱和平、热爱家乡的美好情怀。几百年来，《江格尔》的故事通过民间艺人的说唱，一直流传于世界蒙古民族中。国内外许多著名的蒙古学学者对这一口传文学进行了整理，中、德、芬、法、美、蒙古等国家都发表了不少研究文章。由于各地民

间艺人的师承关系不一样,各人文化水平略有差异,因此根据他们说唱而整理出来的故事内容略有出入,章节也不尽相同。中国研究《江格尔》的著名专家贾木查先生主编了《史诗〈江格尔〉校勘新译》一书,书中收集了中、蒙、俄三国流传的故事,是江格尔故事的集大成者。总之,对于《江格尔》的研究,至今仍然是众说纷纭,莫衷一是,有着大量的工作需要继续去做。

《江格尔》已被联合国教科文组织批准纳入世界非物质文化遗产保护名录,这是值得我们庆贺的好事情。但是,由于过去宣传力度不够,少数人仅知《江格尔》之名,而对内容却是一片茫然。

由此可见,积极整理、宣传、普及这部优秀的文化遗产,具有十分重大的历史意义。我将史诗改编成小说,这也许更适合普通读者的阅读兴趣,也算是为弘扬与普及《江格尔》尽绵薄之力。

何德修

第一回
江格尔横空出世

相传在古老的黄金世纪初期，陆地和海洋刚刚分开，须弥山还是一个小山包，世界还是一片朦胧混沌。诸多佛门弟子四处弘扬佛法之时，塔克勒·祖拉汗率领着他的部落，迁徙到了阿尔泰山西麓、美丽富饶的额尔齐斯河畔，在希克尔海边建立了自己的家园——宝木巴。

塔克勒·祖拉汗敦厚、善良，一心崇尚释迦牟尼。他笃信佛教的苦、集、灭、道四谛，每天诵经不辍，还常常为部民宣讲佛经，以实际行动破解自身的一切"惑"。他发誓要将宝木巴建成为没有孤儿、没有鳏寡、没有流浪和冻饿的安定、幸福的人间仙境。他率领勤劳勇敢的宝木巴人民，经过十几年的不懈努力，终于过上了安居乐业、和平幸福的生活。然而，世界上的事情并不是可以由人类来主宰的，正当他雄心勃勃欲大展宏图的时候，却遭遇了意想不到的灭顶之灾。

那是草原上刚刚入秋后不久的一个八月天，暑热还没有完全退尽，牧草开始泛黄，塔克勒·祖拉汗带着管家孟胡赖到山里去视察马群。他们骑马走了九天，翻过两座达坂来到塔兰河谷，见满山遍野是膘肥体壮的马匹，心里不禁乐开了花。

第二天，塔克勒·祖拉汗带着管家孟胡赖来到山丹河边，坐在绿草如茵的岸边吃了午餐。塔克勒·祖拉汗本来想躺在草地上休息一阵，突然看到团团乌云从山后升起，几乎要垂到地面，太阳顿时失去了光辉，苍白的在云层中时隐时现。他不禁大吃一惊，知道这是暴风雪即将到来的前兆。他一骨碌爬起来吼了一声："孟胡赖，快走！"便解开大红马的绊子，跃上马背就走。

孟胡赖也知道"黑风起灾难临"，他匆忙收拾起地上的食物，一股脑儿装进羊皮口袋，绑到自己的马鞍子上，追赶塔克勒·祖拉汗而去。

扑面而来的大风几乎要将他俩撕碎，飞起的沙石，如雨点般击打在他们身上。大风令他们窒息，只得将头缩进长袍匍匐在马背上，跑一段路再探出头猛吸一口。不一会，天空就飘起了鹅毛大雪，如团团败絮迷了人马的双眼，遮盖了黄色的大地，天地变得一片混沌。

灰蒙蒙的天，白茫茫的地，他俩在暴风雪中辨不清东南西北，迷失了回家的方向。塔克勒·祖拉汗想起老马识途的俗语，于是放开缰绳让大红马自己择路。

大红马明白了主人的意思，顶着狂风进到一条峡谷。一进峡谷，风力显然要比外面小了许多，大红马在一块骆驼般的巨石旁停下脚步，塔克勒·祖拉汗决定在此地休息。

孟胡赖用驼毛绳绊住两匹马的前蹄，到桦树林里砍来树干，倚着巨石搭了一个简单的窝棚，请塔克勒·祖拉汗住了进去。主仆二人爬冰卧雪熬过了三天三夜。

第四天早晨，暴风雪终于停了，太阳露出了笑脸，塔克勒·祖拉汗忙叫孟胡赖快走。可是当他俩即将奔出山口的时候，意想不到的事情发生了，一座高大的雪峰铺天盖地般垮塌下来，将他俩连人带马彻底掩埋。后来，当人们从积雪中将他俩刨出来时，塔克勒·祖拉汗仿佛一尊雕塑，脸上还挂着慈祥的微笑。

塔克勒·祖拉汗遇难的噩耗惊动了宝木巴，他的部民无不悲痛欲绝，大法师亲自为他举行了天葬仪式，为他诵了九十天超生经，祈祷他的灵魂顺利升天。

人们拥戴他的独生子唐苏克·宝木巴即了汗位。

唐苏克·宝木巴汗从小受到父亲的影响，养成了善良、勤劳、勇敢的良好品德。在他继位以后，为了实现父亲的遗愿，也不分昼夜地为宝木巴的百姓操劳。但是，天有不测风云，连续几年的风灾、旱灾、虫灾、雪灾接踵而至，宝木巴的牲畜死亡过半。他殚精竭虑，可是在自然灾害面前却回天无力，最后终因积劳成疾，壮志未酬便溘然长逝。汗位又传给了他十二岁的儿子乌宗·阿勒达尔。

乌宗·阿勒达尔汗天生仁慈、善良、聪明，也像祖父那样笃信佛教，尊敬四宝，宝木巴人无不寄希望于他。

一天，乌宗·阿勒达尔在草原上与青年们赛马，冠军的奖品是一匹铁青色小马驹。那是人人垂青的一匹好骟马。

乌宗·阿勒达尔当仁不让地跑在队伍的最前面。可就在他跑过一个山岗时，神驹阿冉扎勒突然跑出赛道，径直朝一个湖泊奔去。

明镜般的湖水，倒映着湛蓝的天空和朵朵白云，一群遨游的白天鹅荡起道道涟漪。一对形影不离的天鹅引起了乌宗·阿勒达尔汗的兴趣。只见雄鹅伸着骄傲的脖颈，高傲地东张西望，雌鹅则跟在它的后面，用长喙梳理着它洁白的羽毛。

白天鹅的亲昵举动，触动了年青的乌宗·阿勒达尔汗的心弦，一直到天鹅没了踪影，他才骑着马怏怏地回到宫殿。从那天起，天鹅戏水的场景就常常浮现在他眼前，挥之不去。

睿智的曲日木法师看到乌宗·阿勒达尔汗郁郁寡欢的样子，很为他焦急和担心。一天，他来到乌宗·阿勒达尔汗的宫殿，直言不讳地说："我尊敬的可汗，我知道你心里想的是什么。晚上，在酥油灯下要有一个陪着说话的；早晨，起床后要有一个梳头送茶的；炎热的夏天要有一个打扇的；寒冷的冬天要有一个暖被的。"

没等曲日木法师的话说完，乌宗·阿勒达尔汗的脸"唰"地红到了脖子根。

曲日木法师不容乌宗·阿勒达尔汗辩解，接着说："我知道山南部落的道尔吉汗有一个姑娘，名叫乌仁玛，芳龄十六岁，她的美丽胜过草原上盛开的花朵，蝴蝶见了她都会害羞地飞走。"

曲日木法师的话音刚落，乌宗·阿勒达尔汗就拉着他的手，激动地说："我尊敬的法师，你怎么不早一点说啊，我要聘娶的姑娘，走起路来像天鹅在水面上游曳，说起话来像天上的百灵，你快去山南向道尔吉汗说媒吧。"

乌宗·阿勒达尔汗备了厚重的礼物，曲日木法师卜得一个黄道吉日，在春天的某一个早晨，他带着四个口齿伶俐、风趣幽默的仆人前往山南。因为他听说道尔吉是个能言善辩的可汗，有许多求婚者被他拒之门外。

曲日木法师来到道尔吉汗的宫殿，送上厚礼，喝完一碗喷香的酥油茶，便直截了当说明了此行的目的。没想到道尔吉汗很爽快地答应了这门婚事，让那四位伶牙俐齿的雄辩者非常扫兴，觉得英雄没了用武之地。

其实道尔吉汗接受乌宗·阿勒达尔汗的求婚，是接受了神谕。他知道未来的女婿是塔克勒·祖拉汗的后裔，是世交唐苏克·宝木巴的儿子。他可是宝木巴人人拥戴的主人，将来一定会是前途无量。

曲日木法师住了五天，第六天早晨喝过早茶，他就向道尔吉汗辞行。回到宝木巴，他在第一时间向乌宗·阿勒达尔汗报告了喜讯。乌宗·阿勒达尔汗大喜，立即设宴犒劳他们一行，并奖励每人一百只绵羊。

秋天到了，远牧的牛羊回到冬窝子。乌宗·阿勒达尔汗见子民渐渐到齐，希望他们都能参加自己的婚礼，于是催曲日木法师择一个黄道吉日，他要与美丽的乌仁玛姑娘完婚。

东方刚刚露出鱼肚白，乌宗·阿勒达尔汗就率领着迎亲队伍出发了。一百二十个举着各色彩幡的人组成的马队走在队伍最前面，晨风吹得旗幡哗啦啦响，其后是由一百五十人组成的鼓乐队，鼖鼓、羯鼓、唢呐、大锣、铙钹奏得震天响。惊得空中的鸟雀观望，林中的野兽望风而逃。

乌宗·阿勒达尔汗一身新装，骑着阿冉扎勒神采奕奕地走在队伍中间。在他的身后，是拉着各色礼物的高轮大车，上面装的是金银器、绸缎等丰厚的彩礼，紧跟着是一群群牛羊，队伍蜿蜒了十几贝热长（据说一贝热相当于两公里）。

乌宗·阿勒达尔汗来到了道尔吉汗的宫殿，在迎宾的带领下，他拜见了道尔吉汗，献上礼物。道尔吉汗早已备好筵席，待乌宗·阿勒达尔汗坐定之后，他即宣布宴会开始。和着马头琴的乐声，有人唱起了长调民歌，悠扬婉转如泣如诉的歌声，时而如高山流水，时而如骏马奔腾，令人如醉如痴。

乌宗·阿勒达尔汗喝下了七十五碗醇酒，又喝下了七十五碗奶酒，但他并没有忘记一定得在天黑之前把新娘"抢"出来，否则就错过了良辰吉日。

抢亲的人来到新娘的毡房外，遭到新娘家人象征性的围堵，他们将乌宗·阿勒达尔汗团团围住，拦着他不让进门。这是一场比力气、比智慧、比口才的游戏。人们说着笑着推搡着，累了还可以喝两口美酒。这场友好的"争夺战"，最后要以新郎冲进房里抱出新娘为止。

乌宗·阿勒达尔汗见天色不早，心里不免有些着急，猛喝一声挣开抱着他的两个膀大腰圆的壮汉，几个箭步冲进闺房，抱起新娘就要往外跑。一个中年女人一把拉住他，端着一碗牛奶要他和新娘喝下。乌宗·阿勒达尔汗一饮而尽，乌仁玛却端着碗不禁心头一酸，泪水如珠。

乌仁玛刚刚喝完牛奶，乌宗·阿勒达尔汗抱起她就冲出毡房，一口气将她抱到阿冉扎勒背上，向一箭之外的新房奔去。他要在那里度过甜蜜的新婚之夜。

过了十几天，乌宗·阿勒达尔汗回到宝木巴。部民见到乌仁玛，无不称赞她的美貌。他们赞扬乌宗·阿勒达尔汗是草原不落的太阳，乌仁玛是草原皎洁的月亮。从此，在宝木巴，人们常常见到他俩恩爱的身影。

乌宗·阿勒达尔汗婚后两年，草地上长出了蘑菇，骆驼产了幼崽，可是乌仁玛夫人的肚子还不见隆起。乌宗·阿勒达尔汗常常为此叹息，乌仁玛也急得暗自垂泪。她觉得自己没有尽到女人的责任，就请来曲日木法师祈福，又请萨满巫师跳神，还吃了各种各样的补药，以至于蹬破了狐狸皮被子，磨得熊皮褥子成了光板。一年过去了，乌仁玛仍然没有身孕。

曲日木法师看在眼里，急在心上。一天，他打听到有一个老牧民生育了十九个孩子，忙亲自去请那个牧民来见乌宗·阿勒达尔汗。

老牧民见到乌宗·阿勒达尔汗，紧张得全身发抖，说起话来也结结巴巴。当乌宗·阿勒达尔汗问起他生育了十九个儿女的经验时，老牧民一下子兴奋起来。他边吃边喝地对乌宗·阿勒达尔汗说："要说这个生养孩子的事情，那简单得很嘛。"他颇有些自豪地捋了一下胡须，接着说："每年牲畜发情，我就拉着老婆去看牡马与牝马交欢，然后就照那样做，所以我老婆每年都能生下一个孩子。"

乌宗·阿勒达尔汗疑惑地问："此话当真？"

老牧民得意地说："那当然，不信您可以试一试。"

乌宗·阿勒达尔汗："如果灵验，我一定奖赏你。"

送走老牧民，乌宗·阿勒达尔汗对乌仁玛讲了老牧民的故事。乌仁玛对此深信不疑，拉着丈夫立即就要去草地。她怕牝马发情期一过，就还得再等一年。

乌宗·阿勒达尔汗与乌仁玛悄悄地来到草地，恰好看到有一匹强壮的牡马与一匹牝马在一起吃草，他俩躲在一块巨石后，屏住呼吸看完了马匹交欢的全过程。乌宗·阿勒达尔汗拉了乌仁玛就跑回宫里，屏退左右关上房门三天没有露面。过了三个月，乌仁玛觉得肚子开始有了动静，而且一天天在长大。乌宗·阿勒达尔汗知道是老牧民的方法灵验了，立即奖赏了他一百头牛。

在焦急的等待中过了十个月，却迟迟不见孩子降生，乌宗·阿勒达尔汗气得大发脾气，他心想："骆驼怀胎十三个月，这个怪物怎么比骆驼的时间还长啊！"

一天中午，乌宗·阿勒达尔汗正在骂骂咧咧，忽然听到乌仁玛在喊肚子痛，他拔腿就往屋里跑，却被接生婆坚决地拦住了。

乌宗·阿勒达尔汗焦急地踱着步，突然屋里传出接生婆的一声尖叫，他以为夫人发生了意外，一个箭步就冲了进去。只见接生婆手里捧着一个红兮兮的大肉球，脸色苍白，浑身发抖。乌仁玛则躺在床上泣不成声，悲痛欲绝。

乌宗·阿勒达尔汗没想到夫人怀胎十几个月，竟然生下了这么一个怪物，他异常地惊愕和震怒，忙喝叫仆人赶快把肉球拿出去扔了，而且越远越好。

仆人刚接过肉球，就听里面有人在大喊："快放我出去啊，我快要憋死了。"而且这声音极像乌宗·阿勒达尔汗。

在场的人都非常诧异。乌宗·阿勒达尔汗忙抽出腰刀去剖它，可是他用了九牛二虎之力，宝刀卷了刃也未能破开，里面的呼喊却一声紧似一声。

乌宗·阿勒达尔汗急得汗流浃背，此时曲日木法师闻讯赶来，他仔细地看了看肉球，说只有用玉皇大帝去年所赐的锯齿宝刀一试。

乌宗·阿勒达尔汗忙叫四个仆人去库房将宝刀抬来，他洗净双手，虔诚地做了祷告，然后拿刀往肉球一划，肉球豁然打开，从里面蹦出一个白白胖胖的男婴。小孩子一蹦来到乌宗·阿勒达尔汗面前，开口叫了一声"阿爸"，又到乌仁玛面前叫了一声"阿妈"。

乌宗·阿勒达尔汗立即转怒为喜，他兴奋地抱起孩子高呼道："唐苏克阿爸，我总算没有让先人的香火断绝！我们家族终于有了传人啦！"

宝木巴人为乌宗·阿勒达尔汗喜得贵子，聚在他的宫殿外举行庆祝集会。七七四十九天音乐不断，歌舞不绝。

接生婆用老山羊皮做的襁褓将孩子裹起来，可是才一夜他就将襁褓蹬破了。乌仁玛又给他换成犍牛皮做的襁褓，没想到也才用了一夜，犍牛皮襁褓又被他蹬破。

乌仁玛忧心忡忡，隐隐觉得有一种不祥的预感，生怕他为家族带来祸殃，于是哭求乌宗·阿勒达尔汗将这个怪物扔掉，她情愿再为他生一个儿子。

然而，乌宗·阿勒达尔汗非但没有嫌弃，反而为有这样一个英武有力的儿子而自豪，他见人就洋洋得意地说："我骑马引弓之民要的就是这样的神力。"

乌宗·阿勒达尔汗视儿子为掌上明珠，成天不离他左右，渐渐地对宝木巴的政教大事也懒于过问，在他的心里除了儿子之外，其他的一切都是次要的。

长脖子蟒古斯（魔鬼）高力金，是一个贪得无厌的人，他对宝木巴觊觎已久，几次侵犯宝木巴边境都被乌宗·阿勒达尔汗击退，他对此一直耿耿于怀。现在听说乌宗·阿勒达尔成天沉湎于饮酒作乐，边境防务松弛，于是率领一万骑着黑马的队伍奔袭宝木巴。

正如长脖子高力金所料，他的军队一路长驱直入，几乎没有遇到有效的抵抗，很快就包围了乌宗·阿勒达尔汗的宫殿。

酥油火把映红了夜空，刀枪如山中林莽，长脖子高力金骑着高头大马，声嘶力竭地叫道："阿勒达尔听着，你赶快滚出来投降吧，不然我就要踏平宝木巴，赶走你的牲畜，掳走宝木巴全部女人！"

敌人将宫殿围了个水泄不通，撞门声越来越急。乌宗·阿勒达尔汗看看夫人乌仁玛和她怀抱中的儿子，意识他们到很可能在劫难逃了，忙从夫人怀里抱过儿子，从腰间摘下一块洁白温润的祖传佩玉塞进儿子的嘴里，然后叫仆人："孟克·巴雅尔，你快过来！"

孟克·巴雅尔闻声而至，乌宗·阿勒达尔汗神情凝重地盯着他："孟克·巴雅尔，你赶快将我儿子抱出去找个地方藏起来，他可是塔克勒·祖拉家族的根，你一定要做到万无一失。"说完将儿子塞到仆人手里，又叮嘱他："你将我家祖传的阿拉牟长枪和阿冉扎勒神驹带上。"

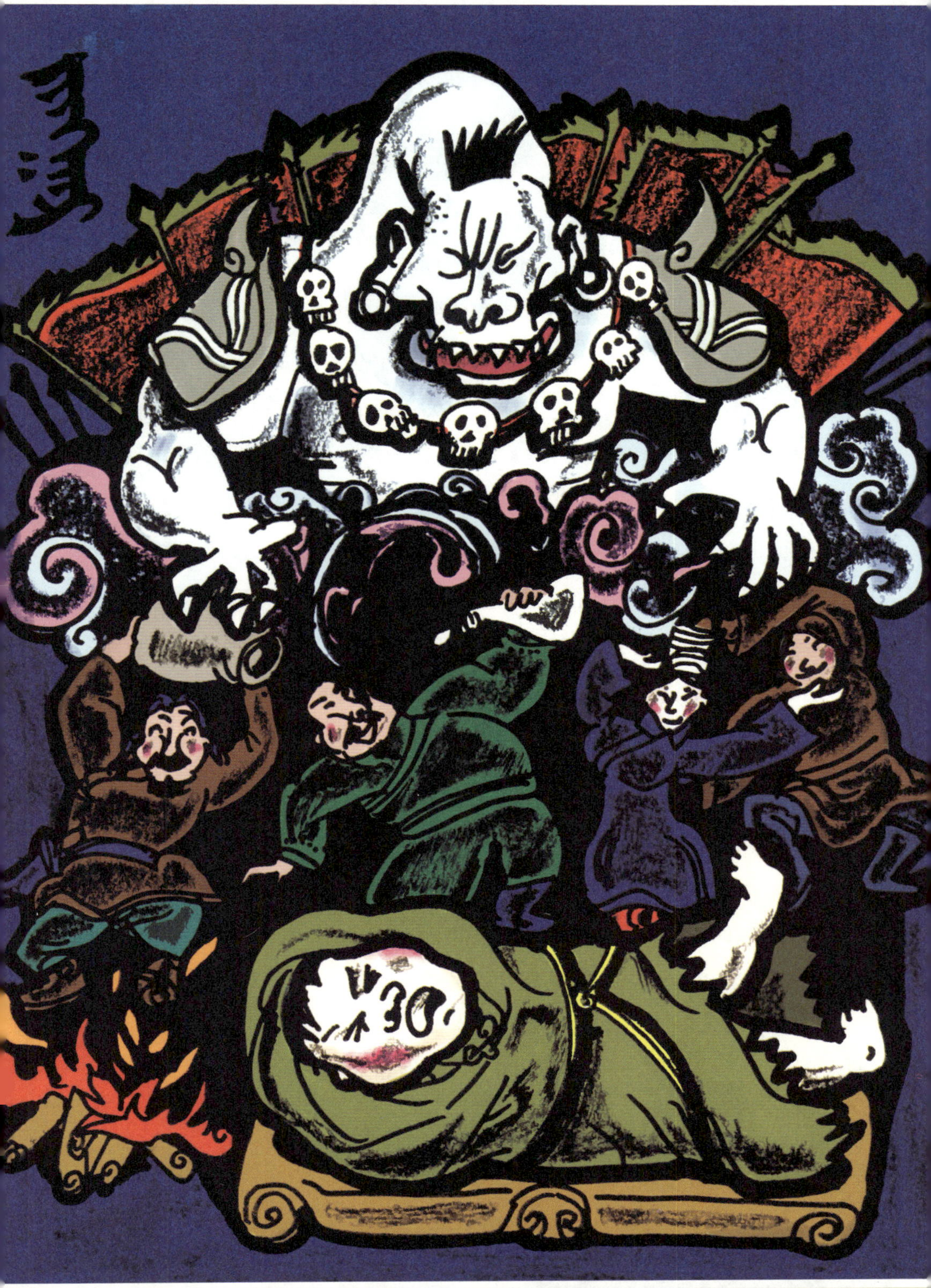

孟克·巴雅尔将小孩藏进怀里，正欲转身离去，乌仁玛一下子扑了过来，非要再看儿子一眼不可。乌宗·阿勒达尔汗忙拉住她，催促道："你快走，赶快走！"

孟克·巴雅尔噙着泪水匆匆地走了，可怜的小孩还没来得及取名，就被迫离开了父母的怀抱。

孟克·巴雅尔前脚刚走，敌人的军队便蜂拥而入，他们见人就杀，见东西就砸。十几个敌人举着大刀长矛，一齐围向乌宗·阿勒达尔汗夫妇。乌宗·阿勒达尔汗打倒前面的一排敌人，后面的长枪又向他刺来，打斗了十几个回合，十几支枪同时刺中他和夫人的身体，夫妻俩相拥着倒在血泊中。

孟克·巴雅尔怀抱小孩子遁出宫殿后门，骑上阿冉扎勒直奔大青山而去，在半山腰找到一个只有他知道的秘密山洞。他拨开洞口的蓬草钻进洞里，摸索到一处稍微平坦的地方，找来一些杂草铺在地上，再铺上一张老羊皮，然后将孩子放在上面。待安置就绪后，他又仔细地检查了一遍，这才三步一回头出了山洞。

孟克·巴雅尔潜回宝木巴，见到处是倒毙的尸体和焚毁的毡帐，不禁义愤填膺。他想去宫殿看看可汗夫妇，途中遇到一群敌人迎面而来，他急忙藏身于牛粪堆后。孟克·巴雅尔操起一根粗木棍要去找敌人报仇。走到宫殿附近，见几个敌人正围着篝火喝酒吃烧烤，孟克·巴雅尔怒不可遏地冲了过去。

孟克·巴雅尔举起木棍朝着一个敌人的脑袋砸下，敌人以为是神兵天降，急忙扔掉手里的酒碗，提着大刀就向他扑去。孟克·巴雅尔抡起木棍与他们拼搏了十几个回合，木棍被敌人一刀砍断，有一个络腮胡子敌人照着他的肚子就是一刀，这一刀豁开了孟克·巴雅尔的肚子，顿时血流如注，肠子也流了出来。他紧捂着流血的伤口，举着断木棍扑向络腮胡子。这时旁边一个敌人举起大刀，对着他的头顶劈了下去，一下子将他劈成了两片。

小孩子独自躺在静悄悄的山洞里，因为嘴里那块宝玉的滋润，他既不饥饿也不干渴。明亮的眼睛穿透山洞，看着太阳冉冉升起，云彩在蓝天上飘过，雄鹰在展翅翱翔。夜晚，又看到繁星点点，纷纷向他眨着眼睛。月亮缺了又圆，圆了又缺。

一天，希克尔海滨的蒙根·希克希尔格像往常一样外出狩猎，当他途经大青山时，意外地看到半山腰上有一匹大红骏马在吃草，而附近不见牧马人，强烈的好奇心驱使他要上山去看个究竟。

蒙根·希克希尔格健步来到半山腰，隐隐约约听见小孩子的哭声。他觉得好生奇怪，在这荒无人烟的地方，怎么会有小孩子啼哭呢？他怀疑可能是错觉，就继续朝大红马走去。这时啼哭声似乎更近了，他循着哭声来到一堆大石头前，发现哭声是从下面传出来的。他搬去石头，露出了一个黑黢黢的洞口。

蒙根·希克希尔格摸进山洞，在一个幽暗的转弯处，见一个赤身裸体的小孩躺在一张老羊皮上在放声啼哭。他将小孩子抱了起来，小孩子一见到他，啼哭便戛然而止，而且还冲他咧嘴一笑。他觉得这孩子可怜，心想不如抱回家去让夫人养育。于是他抱着孩子来到洞外，这才看到这孩子非同一般，只见他天庭饱满、地阁方圆、大耳隆准、声若洪钟，脊背上还有一颗红痣，左屁股上有一块靛蓝的胎记。他心中不禁纳闷："如此气度不凡的孩子，怎么会被扔在这里？"

蒙根·希克希尔格问："你是谁家孩子，叫什么名字啊？你的父母亲是谁？"

小孩子看着蒙根·希克希尔格一言不发。

蒙根·希克希尔格心想，狼走过草地还会留下足印，人生一世岂能没有名字。他思考片刻，说："你父母既然还没有给你取名字，那你就叫江格尔吧。"

小孩子望着蒙根·希克希尔格咧嘴一笑，道："那好啊，我就叫江格尔。我要做草原的主宰。"

蒙根·希克希尔格听了大吃一惊，这么小小的孩子不但会说话，竟还如此狂妄。他一直以为在这方圆几百里，他才是唯一的大巴特尔①，将来还有他的儿子洪古尔，现在怎么又出了这么一个人物啊。他心里觉得有一丝丝恐慌，再一次仔细打量了江格尔，心里突然翻起波澜，心想：如果将这孩子抱回去，他长大后成了大草原的主人，我儿子洪古尔又摆到哪里？而且他还要分走我的一半家业，那就是自寻烦恼，太不值得了。

蒙根·希克希尔格踌躇片刻，立即打消了收养江格尔的念头，他又返回山洞将江格尔放到老羊皮上，并给他留了一些食物，然后便匆匆地下山了。

蒙根·希克希尔格一离开，江格尔就自己来到洞外，和煦的

---

① 巴特尔：意为英雄。

阳光，柔和的山风，郁郁葱葱的林木，都让他兴奋不已。他蹦蹦跳跳，还兴奋地翻了几个跟斗。他放开喉咙，对着苍穹发出一声虎啸，惊得林子里的动物纷纷跑来看热闹。

江格尔与动物交上了朋友，猛虎教他呼啸，苍鹰教他扑食，羚羊教他奔跑。有母狼喂他乳汁，梅花鹿衔来野果，他汲取了天地精华，强健了筋骨，磨炼了意志。

日月如梭，很快两年过去了。在仲夏的某一个夜晚，江格尔独自坐在树下，望着深邃的夜空数星星，这时一个长髯老翁飘然而至，对他讲述了乌宗·阿勒达尔和乌仁玛的不幸遭遇。江格尔从此知道了自己的身世，他发誓要为父母报仇雪耻。

白胡子老翁说："你如果要像祖辈那样为宝木巴人民造福，那首先必须强大自己，只有自己强大了，才能降伏魔鬼。"

白胡子老翁的谆谆教导，让江格尔明确了自己的责任。老翁还手把手教授他武功，希望他能成为举世无双的英雄。

江格尔天性聪慧，而且也非常勤奋刻苦，很快就掌握了各门武功的精髓，而且还学了幻术。

当太阳从东方地平线上升起，鸟雀的鸣啭吵醒了江格尔的酣梦，他睁开眼睛一看，眼前没有了白胡子老翁，也不见练功的场景。他跳起来活动了一下腿脚，觉得浑身有一股无穷的力量，他欲试一试自己力量如何，见面前有一棵六拃粗细的松树，便上前躬身抱住树干，运足力气吼了一声，竟将松树连根拔起。接着他双手举起松树，猛力砸向一块骆驼般大的巨石，巨石轰然粉碎。

江格尔觉得自己有了战胜魔鬼的力量，他告别山上的动物朋友，跨上阿冉扎勒要回宝木巴向蟒古斯高力金讨还血债。

阿冉扎勒是天庭神马的后代，它全身赤红犹如一团火焰，身高体壮如山峰，六拃长的耳朵如匕首，一庹长的尾巴随风飘逸，有羊圈般的四个蹄子，臀部平坦如铁砧。它从娘胎坠地时的一声长嘶，吓跑了围着羊圈转悠的狼群。在一岁时它就上过战场，两岁时就南征北战，现在它已经七岁，正是大显神威的年龄。

阿冉扎勒兴奋得一声长嘶，震得树叶簌簌发抖，小草频频摇头，石头纷纷坠落，吓得几十贝热远的野猪闻风而逃。它一步就迈出七十庹远，如闪电般稍纵即逝。

江格尔肩上的阿拉牟神枪，是用万年旃檀木拼成的枪杆，长八十庹，碗口般粗细；三庹长纯钢锻制的枪头，光芒四射，令人不寒而栗；红色枪缨如熊熊燃烧的烈火，燎得人头晕目眩。

江格尔跃马扬鞭，风驰电掣般奔向宝木巴，沿途关卡的敌人以为是神兵天降，一见到他就心惊胆战，交手没几个回合就弃卡而逃。有的听到阿冉扎勒的嘶鸣，立刻就浑身发抖，骨软筋酥。

江格尔连破三道关卡，以迅雷不及掩耳之势来到宝木巴，骑着阿冉扎勒就闯进黄金宫殿。见长脖子高力金坐在宝座上，左拥右抱着两个美女，欣赏着音乐歌舞，他不禁怒火中烧，挺着阿拉牟长枪对准高力金就刺。一枪穿透高力金的胸膛，黑血喷溅了两个女人一身。

江格尔除掉了高力金，登上宫殿顶振臂一呼："宝木巴的乡亲们，乌宗·阿勒达尔汗的儿子救你们来了！大家快回来吧！"

江格尔的呼声传遍了宝木巴大草原，逃亡的牧民喜出望外，纷纷从四面八方赶了回来。被敌人掳走的牧民，也挣脱枷锁回到自己的家园，没多久宝木巴又重新恢复了生气。

江格尔杀死长脖子高力金，收复了宝木巴，这事很快传到了夏拉·杜力栋的耳朵里。他是个粗莽的野心勃勃的人，对宝木巴也早就垂涎三尺。他以为江格尔还是个小孩，可以随便欺负，于是派军队到宝木巴边境进行挑衅，赶走驼马，掠走牛、羊，甚至还掳走妇女和儿童。

仅有三岁的江格尔，听到这个消息非常气愤，心想自己是宝木巴的头人，就应该为宝木巴赴汤蹈火，不能眼睁睁地看着领土被侵、人民受辱。于是他不顾别人的劝阻，单枪匹马就去找夏拉·杜力栋算账。

江格尔骑着阿冉扎勒，扛着阿拉牟长枪，马不停蹄地狂奔了七个月零十九天，一路上横扫了夏拉·杜力栋的四大堡垒，终于来到他在海边的水晶宫殿。

江格尔来到宫门口，见侍卫们都在酣睡，他悄悄地进了宫殿，见夏拉·杜力栋一手端着酒碗，一手支撑着下颌在打瞌睡，其他人也东倒西歪躺了一地。江格尔看到魔鬼的丑态，既气愤又好笑，他大步流星来到夏拉·杜力栋面前，一把揪着他的衣领将他拽下宝座。

夏拉·杜力栋以为是自己做梦掉下宝座，迷迷糊糊地还想爬回去。江格尔飞起一脚将他踹倒，并踏到他脊背上面。

夏拉·杜力栋扭头一看，见来人不过是个小孩。他红着眼睛嚷道："你是什么人？敢来欺负我杜力栋？"

江格尔一声大喝："我就是江格尔！"

听到江格尔的名字，夏拉·杜力栋不禁一怔，酒也吓醒了一半，挣扎着问道："你说什么，你就是江格尔？"

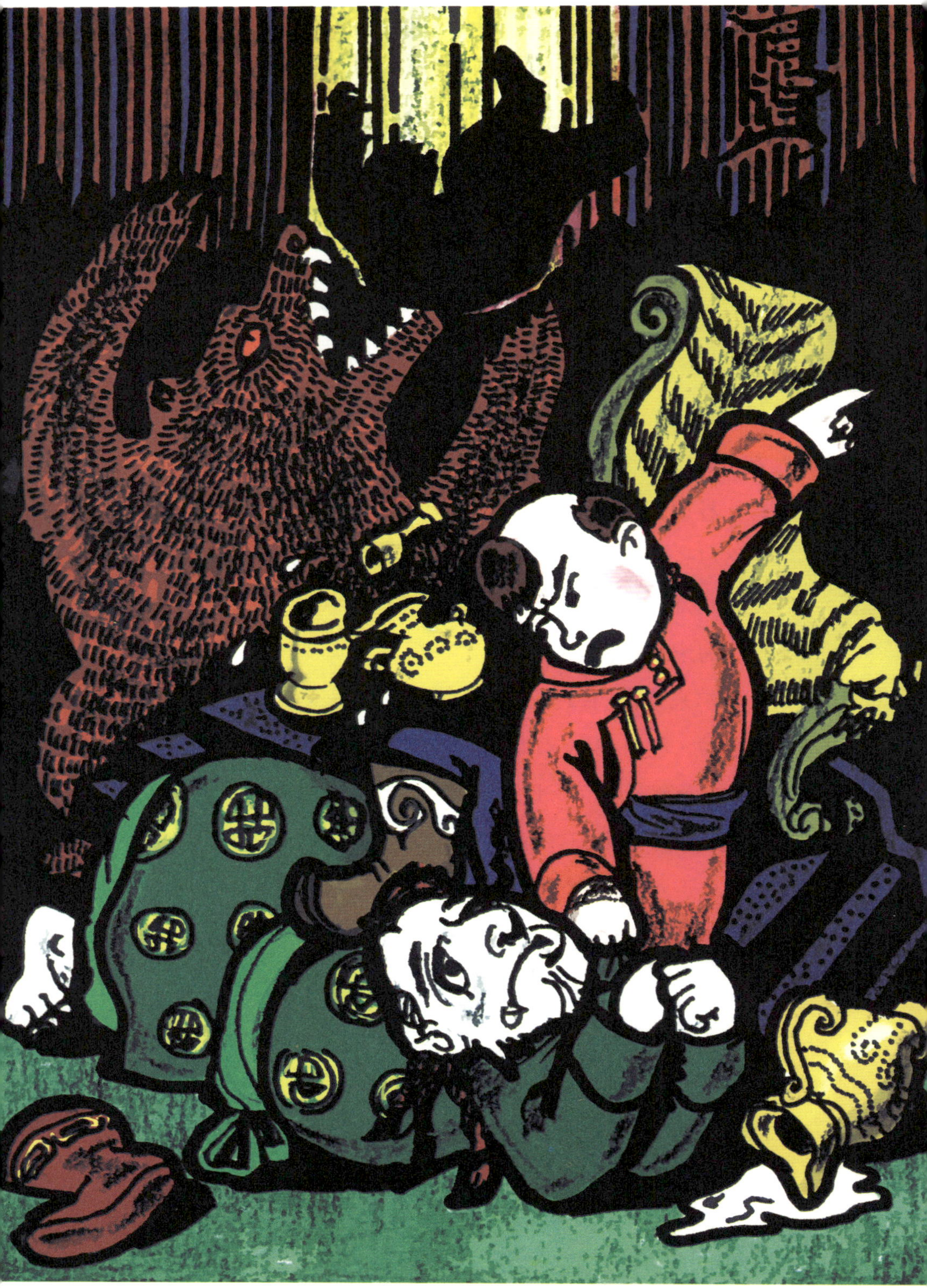

江格尔厉声道："我要你仔细听着，如果要想活命，你就必须答应我两个条件：一是从此以后永远不再侵犯别人；二是要向我缴五百年的税，纳一千零一年的贡。"

夏拉·杜力栋半天缄口不言，他是在暗地里运气试图掀翻江格尔。

江格尔见夏拉·杜力栋迟迟不吭声，而且身体还在蠢蠢欲动，便又用力一踩，只听"嘎巴"一声，踩断了他的八根肋骨和七节腰椎。夏拉·杜力栋大喊"饶命"，并且对天发誓，保证以后永远不走出自己领地，并愿意做江格尔的忠实臣民，世世代代纳税进贡。

江格尔见夏拉·杜力栋态度诚恳，就以宽阔的胸怀包容了他。

江格尔回到宝木巴，附近一些小部落的头人听说他制服了夏拉·杜力栋，纷纷并入宝木巴。在他五岁时，又活捉了塔克地区的五个蟒古斯，将宝木巴的疆域扩大了五倍。

第二回

江格尔与阿勒坦·切吉之战

蒙根·希克希尔格是希尔克草原著名的摔跤手，也是一个性情刚烈的汉子。一天，他与朋友坐在草地上饮酒，不远处有两头公牛突发抵牾，也许是为了旁边那头吃草的母牛。一头公牛已被抵翻在地，而另一头公牛却仍然挺着尖角要向它冲去。蒙根·希克希尔格看不过去，他摔掉手里的酒碗就高叫着上去拦住公牛。

公牛见蒙根·希克希尔格向它跑来，一边跑还在一边吆喝，它气得瞪圆了铜铃般的双眼，转身挺着剑一般的巨角就朝他冲去。

蒙根·希克希尔格迅速用双手各抓住它的一只犄角，用劲一扭将它扳倒在地，接着用脚踏在它头上，直到它不再挣扎后才放开它。从此，蒙根·希克希尔格更是闻名遐迩。

在与朋友们继续喝酒时，朋友随便聊起了江格尔，说非常佩服他小小年纪就如此有才干，吸引了不少部落的牧民来投奔他。

说者无意，听者有心，蒙根·希克希尔格听了这话心里特别不是滋味，心想如果不是自己在大青山救他，他哪里会有今天。

有一天，蒙根·希克希尔格在狩猎途中，遇到一个青年牧民，那人沾沾自喜地告诉他自己是去宝木巴的。蒙根·希克希尔格大惑不解，冷冷地问："为什么去那里？"

"尊敬的诺颜①，你怎么会不知道啊？"青年牧民瞪着小眼睛道。他以为宝木巴的繁荣应该是人人皆知的，此人怎么会不知道呢。

蒙根·希克希尔格听了青年牧民的话，更是怒火中烧。他越想越来气，也无心再去打猎，转头驱马就往回返。在路上他想了一个计策，把江格尔约到自己的草原上来比赛摔跤，他自以为可以制服江格尔。

年少气盛的江格尔，因为打了几次大胜仗，正觉得春风得意、踌躇满志。他接到蒙根·希克希尔格的邀请，便不假思索地答应了他。他当然想不到蒙根·希克希尔格会有什么阴谋，于是，第三天他就来到希尔克草原。

蒙根·希克希尔格设下筵席，还派人去捉来一只黄头大肥羊，请江格尔点头认可后让人杀了。用黄头羊招待贵客是传统礼节。

蒙根·希克希尔格让夫人祖拉·赞丹拿来奶酒和鲜马奶。一老一少面对面坐着，大口吃肉大碗喝酒，一只肥羊很快就变成了一堆骨头。他俩喝完八十碗醇酒后便一起来到赛场上。

---

① 诺颜：意为君主、领主。

蒙根·希克希尔格摇动着山峰一般的身体，伸开双臂绕着圈子，炯炯有神的眼睛紧盯着江格尔的一举一动。

江格尔求胜心切，一上场就频频出手想抓住对方，但几次都被蒙根·希克希尔格挡开，急得他抓耳挠腮、龇牙咧嘴。大约过了马驹吃饱奶的时间，他瞅准机会猛然抓住蒙根·希克希尔格的腰带，然后双手用力一拉，试图以四两拨千斤之法将他摔倒。

但是，蒙根·希克希尔格犹如扎根大地，并反手抓住江格尔的肩胛。他俩一个抓住肩胛，一个抓住腰带，犹如两棵巨树扎根大地，风神屏住了呼吸，草地被他们踩成了沙坑。他俩就这样对峙了三天三夜，最后还是江格尔被摔倒在地。

蒙根·希克希尔格再次仔细端详江格尔，越看越觉得心里不舒服，暗想如果将此人留在世上，必然会成为世界的主宰，必然会威胁到自己和儿子的地位，不如此时将他除掉，免得自己没面子。魔鬼突然迷了他的心窍，蒙根·希克希尔格心里陡生杀机。他一脚踏在倒地的江格尔身上，呼仆人快将腰刀拿来。

就在蒙根·希克希尔格向江格尔举起腰刀的千钧一发之际，蒙根·希克希尔格五岁的儿子洪古尔突然跑来，高叫着："阿爸，请您手下留情，千万不能杀他！"

洪古尔的突然出现让蒙根·希克希尔格深感诧异，一天没有见到过他的身影，怎么会在这种时刻突然出现呢？他瞪着洪古尔吼道："这里有你说话的份儿吗？"

洪古尔一头扑到江格尔身上，喊道："阿爸，您如果真的要杀他，那也杀了我吧！"

蒙根·希克希尔格顿觉大惑不解，儿子与江格尔素昧平生，怎么会如此舍身相救？他一把揪住儿子的衣领欲将他拉起来，可是洪古尔抱着江格尔死活不肯松手，并大声哭喊道："阿爸，您就放过他吧，我求您了。"

蒙根·希克希尔格没有想到平时十分听话的儿子，此时竟敢与他如此对抗，他声色俱厉地对仆人吼道："你们的眼睛都瞎了吗，你们的双手难道都被捆住了吗，为什么不把这个小畜牲拉走？"

慑于主人的权威，仆人忙上前去拉洪古尔，可是洪古尔仍然紧抱着江格尔不放："阿爸，您就先杀了我吧！"

蒙根·希克希尔格见儿子置他的尊严于不顾，顿时无名火起，气得他在儿子屁股上狠狠地踢了一脚。洪古尔的屁股很快就鼓起了一个大包，他既没有哭也没有喊叫，仍然紧紧地抱着江格尔，仿佛俩人粘在一起了。

蒙根·希克希尔格无可奈何地摇摇头，气呼呼地摔下腰刀转身就走。可是，没走多远他又折返回来。原来他在心里又暗生一计：何不让他去找阿勒坦·切吉，借那个人的手来除掉眼前这个心腹之患？

蒙根·希克希尔格来到江格尔面前，拍了他的肩膀，缓和了语气："这次我儿子来救你，是老天爷的安排，你应该感谢佛祖，是他让我免你一死。不过，你还必须答应我一个条件，不然这不公平。"

江格尔慷慨地说："你就说吧，不要说是一条，就是十条也没问题。"

"你是好样的，将来一定能成就大业。不过大山那边住着一个怪人,他的名字叫阿勒坦·切吉。他不仅能够通晓九十九年前发生的事情,还能预测九十九年后将要发生的事情。而且他还是一个千里眼,不管多么遥远的东西,他坐在家里就能看到。所以人人都称他为金胸智者、预言家、千里眼。"

"那又怎么样?"江格尔不解地问。

蒙根·希克希尔格说:"那个人多年以前就与你阿爸作对,他俩为争夺霸主打得你死我活,他还差一点要了你阿爸的命。"

江格尔问道:"那你要我去做什么?"

"你是宝木巴的主人,将来还会有大发展,难道你能容忍这么一个野心勃勃的人虎视眈眈地盯着你吗?说不定哪一天他就会来把你灭了。再说了,假如你征服了他,让他来为你效劳,岂不是有助于宝木巴的发展吗?"蒙根·希克希尔格微笑道。

江格尔觉得蒙根·希克希尔格的话似乎有道理,于是就答应了他。

江格尔回到宝木巴,带了一口袋风干马肉和奶酪,骑着阿冉扎勒,扛着阿拉牟长枪就出发了。他人不离鞍,马不停蹄,日夜兼程地跑了三个多月,终于来到了一座白头山。只见山头白雪皑皑,仿佛戴着一顶白帽子,山腰有蓊郁的青松和白桦,山脚下是开阔的草原,羊群如朵朵白云游曳在如茵的草地上。

江格尔跑上山岗,见左面吉兰河畔是阿勒坦·切吉金光灿灿的宫殿,右面是善巴山谷,放牧着八万匹清一色的铁青马。他不禁暗自思忖:"阿勒坦·切吉既知九十九年之前的事,又能预测九十九年之后的事,那么他一定已经知道我来到了这里,若是现在直接去攻打他,他一定是早有防备,何不去赶走他的八万匹铁青马，先试他一试？"江格尔拿定主意，他站在山岗上猛然一声大吼，吼声犹如平地惊雷，惊得八万匹铁青马如潮水般奔腾起来。其势如翻江倒海，汹涌澎湃，所过之处摧枯拉朽、天崩地裂，绿草地顷刻变成了黄沙滩。

阿勒坦·切吉稳坐宫中，他早已测得江格尔今天会来赶走他的八万匹铁青马，而且他已经预测到他的马会失而复得，因此当江格尔赶走他的八万匹铁青马，听到万马奔腾的隆隆声，他一点都没有着急。

江格尔赶着马群走了二十一天，回头不见阿勒坦·切吉追来，于是他信马由缰地观赏起大草原的湖光山色来。他心旷神怡地打着口哨，阿冉扎勒迈着有节奏的脚步，赶着八万匹铁青马来到一条大河边。

江格尔知道这是从山上流下来的雪融水，甘甜凛冽，清凉爽口。他用手掬起清凉的流水喝了几口，一阵透心的凉爽传遍全身。他让阿冉扎勒去吃草喝水，尥蹶子打滚，自己在河边点燃篝火，支上铜釜熬起了奶茶。

阿勒坦·切吉掐指一算，估计江格尔快要走出他领地的边界了，这才披挂上白色丝绸镶边的鹿皮战袍，骑上大红神骥开始追赶。他马不停蹄地紧追了二十八天，在一条大河边追上了江格尔。

这条河有三道汊，阿勒坦·切吉看着江格尔赶着马群过了第一道河汊，他没有理会。江格尔又渡过了第二道河汊，他仍然稳坐在马背上不动。等江格尔下到第三道河中，他才从身上摘下用六十只野羊角镶成的门框一般大的硬弓，从鹿皮箭箙里抽出一支浸过毒蛇汁液的翎羽飞箭，瞄准江格尔的后心将弓拉得如一轮满月，隔着二十贝热远"嗖"地射透了他的肩膀。

这一箭力量之大，差一点将江格尔击下马背。江格尔顿时感到头晕眼花，心里发堵，张嘴喷出一口鲜血。他知道自己中了毒箭，忙将祖传白玉含进嘴里，然后抱着阿冉扎勒的脖子伏在它背上，阿冉扎勒疾奔如飞。

此时，蒙根·希克希尔格背了弓箭，穿着前襟缀着四个大银环的衣服，牵着乌骓马在家门口与夫人祖拉·赞丹告别，突然见一匹快马急驰而来，马背上的人还东倒西歪。他以为这又是一个醉汉。

阿冉扎勒直奔蒙根·希克希尔格面前，气喘吁吁地弯下四肢，让昏迷的江格尔轻轻地从背上滚下地。

蒙根·希克希尔格见是江格尔，微微地蹙了一下眉头。他看着奄奄一息的江格尔，冷冰冰地吩咐祖拉·赞丹："你把这孩子剁巴剁巴，拿去喂你的鸡狗吧。"他丢下这句话骑着马扬长而去。

望着蒙根·希克希尔格远去的背影，再看看眼前奄奄一息的江格尔，祖拉·赞丹一时犯了难。礼佛之人以慈悲为怀，岂能随便杀人呢。可是丈夫是家里的天，他的话是不能违抗的。她急得满头是汗，迟迟拿不定主意，于是来到佛像前默念了几十遍六字真言，希望佛祖给她指点迷津。

祖拉·赞丹念完经，鼓起勇气来到江格尔身边，当她看到昏迷中的江格尔全身在痛苦地抽搐，伤口还在渗着黑血，她突然没了力气。这时她突然听到远处传来马蹄声，以为是丈夫回来了，惊恐地举尖刀就要向江格尔刺去。

祖拉·赞丹紧闭双眼，双手发抖，未待尖刀刺下，洪古尔已经到了她的面前，见母亲要刺杀江格尔，惊叫道："阿妈，你这是要干什么？"

听到是儿子的声音，祖拉·赞丹垂下了举刀的手，长嘘了一口气："是你阿爸出门时交代的，要我把他剁碎拿去喂鸡狗。"

洪古尔不理解父亲的良苦用心，也不知道他与江格尔冥冥之中的缘分，只是认为无故伤害一个人是不对的。他伸手要去夺母亲手里的刀，祖拉·赞丹坚持不放手，他只得重复先前那一招，一头扑到江格尔身上，说："阿妈，如果你不放过他，那你就先杀了我吧！"

见儿子如此，祖拉·赞丹急得直跺脚。

洪古尔昂起头："阿妈，你别害怕，只要你肯放过他，等阿爸回来我来跟他讲理。你们如果一定要杀江格尔，那我就不做你们的儿子了。"

祖拉·赞丹听儿子说得如此决绝，心里不禁"咯噔"了一下，丈夫与儿子都是倔脾气，她现在可真的不知道该听谁的好了。不过，儿子现在的行为确实使她感动，儿子与江格尔素昧平生，居然还能不惜以生命来保护他。她拉起洪古尔，说："儿子，你起来吧，阿妈答应放过他。"

洪古尔立即站起来，从母亲手里拿过尖刀："阿妈，你救人救到底，把姥爷家祖传的神药拿出来用一下吧。"

祖拉·赞丹禁不住洪古尔的再三恳求，犹豫片刻终于答应了。

从一只镶嵌绿松石的银皮小木匣里，祖拉·赞丹取出来一只羊皮囊，掏出一粒黑黢黢的药丸。那圆溜溜的药丸如骆驼粪一般大小，还散发出一种沁人心脾的香气。

祖拉·赞丹将药丸在碗里碾碎，用鲜牛奶调匀后端了出去，让儿子脱去江格尔的上衣，将药液敷在他的伤口上，接着嘴里念念有词地在江格尔身上来回跨了三次，他的伤口就不再流血了，那支嵌在肉里的箭镞也开始慢慢地往外退。

洪古尔瞪着眼睛在一旁挥臂喊道："快出来，快出来！"

可是那箭只退了一半就停止不动了，祖拉·赞丹见状也觉得十分奇怪，她竭力在脑海里寻找着神功失灵的原因，许多往事如闪电般在脑子里闪现。她终于想起，那是她嫁过来的第二年，有一次她到草地去挤牛奶，无意间看到一匹牡马正与牝马交欢。

祖拉·赞丹心想，也许就是那一次看了不该看的东西，所以现在神功失灵了。她忙进到屋里，跪到佛像前做起了祷告。她跪了一个时辰，全身汗如雨下，直到心里觉得豁然开朗。她匆匆来到江格尔身边，再一次念念有词地在他身上来回跨了三次，那支箭终于退了出来。

洪古尔欣喜若狂，扑到母亲怀里。江格尔睁开眼睛，见祖拉·赞丹夫人和洪古尔在旁边，他觉得有些莫名其妙，疑惑地问："尊敬的祖拉·赞丹夫人，我怎么会在这里呢？"

祖拉·赞丹见江格尔醒来也很高兴，见他提出这样的问题，猜他一定是不记得前面发生的事情，不等她开口回答，洪古尔抢道："你中了阿勒坦·切吉的毒箭，是我母亲救了你的。"

祖拉·赞丹对江格尔说："不是我，真正救你的是我儿子洪古尔。"

江格尔与洪古尔紧紧地拥抱在一起。

祖拉·赞丹见他俩如此亲热，心里有说不出的高兴，她抚摸着江格尔的头，问："可怜的孩子，你今年几岁啦？"

"我今年六岁了。"江格尔答道。

"你的阿爸阿妈呢？"

"我出生后不久，阿爸阿妈就被蟒古斯杀害了。"

祖拉·赞丹听了觉得十分惊讶，想不到这孩子从小就没了父母，怜悯之心油然而生，这时她才觉得自己做对了。她搂着江格尔："你还有兄弟姊妹吗？"

"没有。"江格尔朗朗地说。

"哦，我儿子洪古尔今年五岁，你愿意做他的哥哥吗？"

江格尔看着洪古尔微微一笑，愉快地说："是他救了我的性命，我当然愿意做他的哥哥。"

祖拉·赞丹马上拉着两个孩子进了屋，让他们在佛像前拜了兄弟，然后将江格尔搂进怀里，撩起衣服让他吮了自己的奶头。这意味着从此两人就是同乳兄弟了。

祖拉·赞丹收了江格尔为义子，在家里举行了三天三夜的宴会，亲朋好友前来祝贺，祝愿江格尔与洪古尔的友谊地久天长。

时光流逝，牧草初黄，牧民们又开始赶着牲畜向冬窝子转移。祖拉·赞丹夫人一直不见丈夫蒙根·希克希尔格归来，心里不免有些焦虑。

一天早晨，祖拉·赞丹把洪古尔叫到面前，提出要他去外面寻找父亲。洪古尔欣然答应了母亲，不过他提出要与江格尔一起去。祖拉·赞丹觉得这样也好，爽快地答应了他的请求。洪古尔立即跑到草地上，骑上没辔鞍子的铁青马直奔宝木巴而去。

江格尔也不假思索便答应了洪古尔。他立即吩咐马夫总管包鲁·芒乃去给阿冉扎勒辔上鞍鞯，并备足路上的干粮和水。

江格尔与洪古尔告别了祖拉·赞丹，马不停蹄地飞驰了三个月，一路上逢人便问，可是没人见到过蒙根·希克希尔格。小哥俩并没有灰心丧气，他俩又寻找了三个月，不知不觉来到西丽黛山。江格尔一看就知道这是阿勒坦·切吉的领地。

他俩登高一望，见宫殿前有一匹黑马在吃草。洪古尔一眼就认出那是父亲的乌雅马。再顺着往前望去，他看到在宫门前的拴马桩上，捆绑着一个高大的人，那样子很像是自己的父亲。

洪古尔的心情顿时紧张起来。他将发现指给了江格尔，江格尔也认出那人就是蒙根·希克希尔格。

洪古尔见父亲受到如此折磨，气得怒发冲冠，七窍生烟，他勒马就要冲下山去。江格尔急忙一把拉住他，要他先冷静一下，别着急冲下去。因为他知道阿勒坦·切吉能掐会算，而且是千里眼，说不定他俩的行动他已经了如指掌了。

洪古尔觉得江格尔言之有理，也就冷静了下来，要江格尔拿出主意。江格尔贴近他的耳朵讲了自己的计划。

其实，早在三天前，阿勒坦·切吉就预测到江格尔与洪古尔要来寻找蒙根·希克希尔格，刚才看到他俩在山岗上眺望，心里

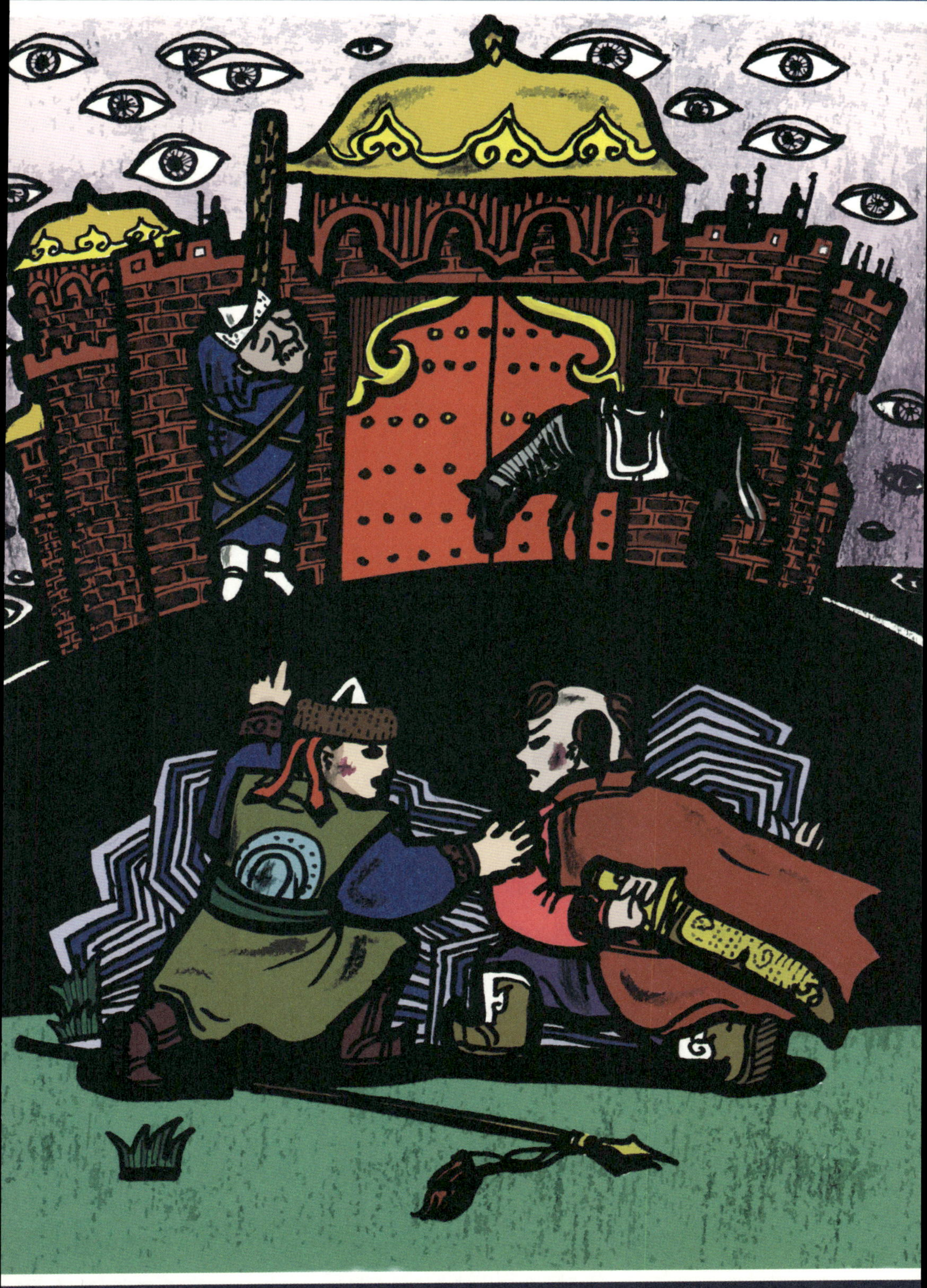

不禁暗笑："真是两个毛孩子。"可是，当他放下茶碗再抬头时，只看到洪古尔而不见了江格尔。他不禁叹道："江格尔真的了不起。"

阿勒坦·切吉暗自思忖："江格尔将来一定会成为统治四十二个部落的可汗。洪古尔是举世无双的雄狮英雄，是辅佐江格尔的得力助手，我也是辅佐江格尔的右席头名巴特尔。上天安排我要与他成为一体，帮助他创造辉煌事业。现在既然他已经找到门上来了，那我就不该继续与他为敌了。"

主意拿定之后，阿勒坦·切吉忙到拴马桩为蒙根·希克希尔格松了绑，诚恳地向他赔了不是，并且诚邀他进宫里去压压惊。

阿勒坦·切吉将蒙根·希克希尔格请到贵宾席上，亲自斟了满满一碗醇酒递到他面前："这是我敬你的，就算给你赔不是了。其他的话，你先干了这碗酒再说吧。"

奶酒的芬芳刺激得蒙根·希克希尔格直咽唾沫，在外面熬了多半夜，干渴得舌头几乎黏住了。他直勾勾地看着面前那碗清醇的奶酒，忘记了不悦，咂咂嘴喘着粗气说："天啦，你真要把我急死了。"说着，蒙根·希克希尔格端起酒碗大声说："你个老东西是故意要激我啊，快说你放了我，又请我进来是什么意思？"说完就咕嘟咕嘟干了碗中酒。

阿勒坦·切吉给管家递了一个眼色，管家忙给蒙根·希克希尔格的碗里又斟满酒。然后阿勒坦·切吉郑重地说："我要跟你说的是江格尔。"

一提江格尔，蒙根·希克希尔格不禁心头一颤。

阿勒坦·切吉接着将江格尔大大地赞扬了一番，预言说他将会成为统治大草原的伟大可汗。他说:"我想把我的部落交给他。那时,我要做他右手的头名勇士,你儿子雄狮洪古尔是他左手的头名勇士,他将有十二个雄狮大巴特尔、三十三个伯东①、六千零十二个勇士,一起帮他征服蟒古斯。待他成年之后,我俩帮他迎娶诺木·特古斯可汗的爱女——阿拜·格日勒。那时,宝木巴将会百花争艳,百鸟欢唱,人民幸福无疆。"

蒙根·希克希尔格放下酒碗,试探道:"江格尔不是中了你的翎羽飞镝了吗?"

阿勒坦·切吉瞥了他一眼,微微一笑说:"可是你的鸡狗却没有饱餐的福气啊。"

蒙根·希克希尔格吓出了一身冷汗,心想自己的所作所为他全都知道了,不如豁出去了,他连干了十八碗奶酒,又干了十八碗醇酒,将碗"咚"地一放:"那就照你说的办吧!"

阿勒坦·切吉告诉他,是洪古尔救了江格尔,而且两人还义结金兰。现在两人已经来到了宫殿外面。

蒙根·希克希尔格担心江格尔会记他的仇。

阿勒坦·切吉呵呵一笑:"如果他要记仇,那也应该先记我的。你放心,自古成就大事者,都有着海洋一般宽阔的胸怀,这点,你以后就会看到。"

蒙根·希克希尔格说:"你是公认的金胸智者,那就听你的吧。"

在距离阿勒坦·切吉宫殿一箭远的地方,江格尔与洪古尔会

---

① 伯东:意为公野猪,实指虎将。

合了，两个少年巴特尔直奔拴马桩而去，想先去解救蒙根·希克希尔格，可到了那里发现拴马桩上已经没有人了。两人正在东张西望，突然听到宫门"吱呀"一声大开，阿勒坦·切吉与蒙根·希克希尔格携手走了出来，笑吟吟地向他俩招手。

江格尔与洪古尔觉得万分惊讶，明明看到蒙根·希克希尔格被绑在拴马桩上，怎么现在他俩又会在一起呢？

阿勒坦·切吉微笑着走上前说："尊敬的江格尔，勇敢的洪古尔，我早知二位今天要来这里，我和他特向你俩表示诚挚的欢迎。"

洪古尔一见久别的父亲，一下子扑了过去，抱着他："阿爸，我们终于找到您了。"

蒙根·希克希尔格抚摩着儿子的头，瞟了一眼江格尔，略有些羞愧。

阿勒坦·切吉见状一手拉了江格尔，一手拉着洪古尔进了宫殿，立即让人摆上烹制的羊肉、熊肉、鹿肉，抬出最好的醇酒为江格尔俩人接风洗尘，大家相逢一笑泯恩仇。

阿勒坦·切吉让仆人为他们斟满酒，又给江格尔和洪古尔敬献了哈达，他端起酒碗神情凝重地说出来自己的打算，愿意将生命和财产全部奉献给江格尔，辅佐江格尔完成统一大草原的伟业。同时，他说蒙根·希克希尔格也答应归入宝木巴，一辈子为江格尔效力。

江格尔听了，激动地对两位老人表示衷心的感谢，端起酒碗一饮而尽。

归顺宝木巴不久，阿勒坦·切吉见原来的宫殿已陈旧不堪，而且也太小，建议新建一座宫殿。蒙根·希克希尔格也大力支持。于是，江格尔召集四大部洲的可汗们商议，大家一致同意在阿勒泰山西麓，十二条大河汇流的沙尔塔克海之滨，紧靠五百株万年旃檀林的地方，重建一座黄金宫殿。

消息一传出，有人提议新建的九彩十层宫殿要与天相接，站在上面就能摸到云彩。

阿勒坦·切吉驳斥道："我觉得这个想法太离奇，我认为宫殿顶离云彩有三庹为妙。"

有人问他这是为什么。阿勒坦·切吉回道："江格尔是人间的可汗，不应该与老天爷比高低啊。他是大地的儿子，也不应离大地太远，离人民太远。"

从此就再没有人提出反对意见。

巨腹大汉古赞·贡贝自告奋勇担起了施工的重担，新宫殿用了八万株生长了一万年的旃檀树，七千根做了立柱，每根柱上都有一亿篇玛尼经的法术。木墙壁严丝合缝，四壁开启了六十六扇窗户。壁上还用狮牙和象牙拼成图案，象征着年年奶酒丰盈；四千根椽子建成十七个圆屋顶，屋顶的面积相当于四十四个蒙古包，上面点缀着白鹿角，以祈求年年生活充裕；白银栏杆上镶嵌着红珊瑚，黄金柱子镶嵌着蓝宝石，白香檀木栋梁裹着金箍，紫檀木椽子包着金边。大殿右立柱上雕着猛虎与黑熊相搏；左立柱上雕的是狮子与大象争斗；屋檐横枋雕有狍子、麋鹿、公狗、绵羊、仙鹤、大雁的图案。

在修建宫殿的同时，阿勒坦·切吉又在宝木巴挑选了几个最聪明能干的妇女，用两匹上等黑缎为江格尔缝制了一件长袍。长

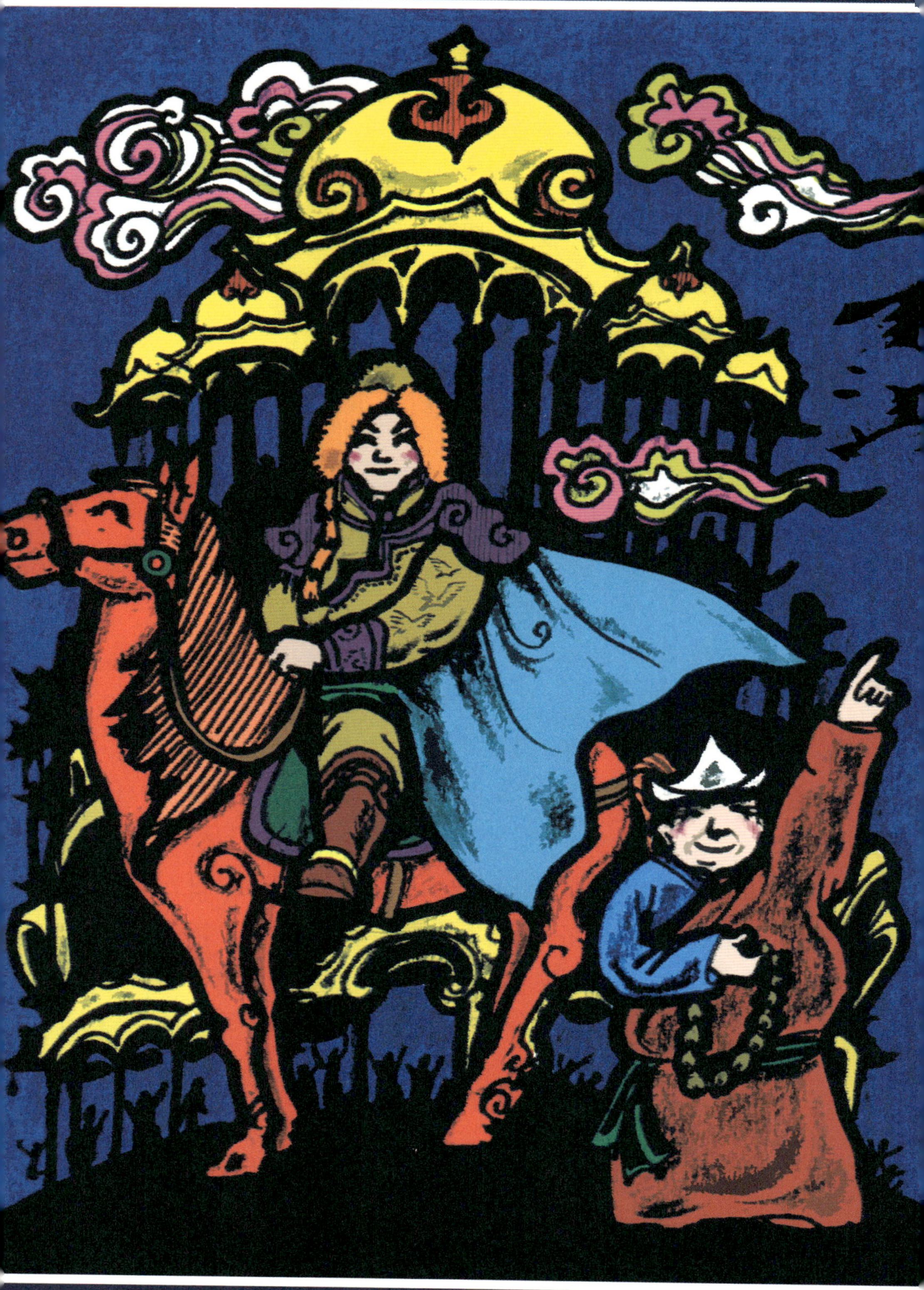

袍上面用金线绣了吉祥、长寿的图案，还有飞翔的苍鹰与奔腾的骏马。领口与袖口缝缀了黑色貂皮。镶嵌了红宝石的金扣子，闪烁着耀眼的光芒。

宫殿落成那天，江格尔就穿上了这件华丽的衣服，头戴狐皮帽，腰扎镶着碧玉的腰带，足蹬鹿皮高筒靴，珍珠耳环在他耳垂下闪闪发光，显得神采飞扬。他的坐骑阿冉扎勒也佩戴上金笼头，长长的银缰沙沙响。

高耸入云的阿勒泰山，孔雀飞不过它的山顶；巉岩叠嶂的山腰，伶俐的盘羊也难攀登；在百川汇聚的沙尔塔克海滨，宝石般的白头山南面，不过一年时间，江格尔的九彩十层黄金宫殿已巍然耸立在山脚下。

江格尔威风凛凛地端坐在马背上绕着宫殿转了三圈，宝木巴人民一齐赞颂："我们的江格尔像海洋一样宽广，像大山一样雄伟，像太阳一样温暖，像雨露一样甘甜。"在众人的欢呼声中，江格尔踏进了金碧辉煌的黄金宫殿，坐到四十四条腿的宝座上宣布："为了庆祝黄金宫殿的落成，我决定犒劳那些有功之臣，在这里为他们摆六十天的筵席。"

第三回

萨纳勒归顺江格尔

一年一度的那达慕节,让宝木巴沸腾了六十天。

到了节日将结束的那天,江格尔突然心生烦恼,面露郁郁之色,既拒绝了勇士们的敬酒,又喝退了美女的祝福,连他最喜爱的骑士舞也无心瞅一眼。

金胸智者阿勒坦·切吉见状,悄悄地问:"伟大的圣主,不知您为何事忧伤?"

江格尔沉默片刻,长叹道:"我智慧的老人,你应该知道阿布浑海滨、锡基尔山西麓的萨纳勒吧?"

阿勒坦·切吉说:"当然知道,他怎么啦?"

江格尔说:"我听说他的宝座上铺着用最好的驼绒织成的八十层坐垫;他的七十层战袍外面罩着八层铠甲,胸前是纯金做的护心镜,头上的赤金盔闪烁着耀眼的光华。还有他的那匹坐骑,是草原上极少的红沙马。这些你都知道吗?"

阿勒坦·切吉说:"是呀,这怎么啦?"

江格尔说:"他还有称霸草原的野心,不时骚扰附近的牧民。"

江格尔希望阿勒坦·切吉去问问萨纳勒是要和平,还是要战争?如果他说要和平,就送给他十二匹最好的骏马。如果他说要战争,就将他扔进阿布浑海,赶走他的全部奴隶,不给他留下一条母狗和一个孤儿。

阿勒坦·切吉将巨手一挥,表示了必胜的信心。他双手一拱,铿锵地说:"伟大的圣主,虽然我年事已高,但还身强体健、精力充沛。我的雕弓利箭锋芒犹存,大红神骥宝马身经百战。我愿意为你赴汤蹈火,万死不辞!"说完他一口干了碗中酒,转身迈着大步出了宫殿。

马夫给大红神骥套上巨大的金笼头,在背上先铺上精细的毡片,然后再铺上锦垫,架上两头翘起的黄木雕鞍。大红神骥顿时来了精神,竖起金刚杵一般的耳朵,瞪起能望穿七千座山的眼睛,兴奋得一声长嘶,然后放开四蹄又蹦又跳,拽得五十个壮汉前仰后合。

江格尔在宫门口为阿勒坦·切吉送行,众人敬了他七十碗马奶酒,接着他又喝了八十碗醇酒。

在祭祀了敖包后,阿勒坦·切吉跨上大红神骥,捋了捋花白的胡须,与江格尔和各位巴特尔道了别,用脚后跟一磕马腹,大红神骥如离弦之箭飞向远方的地平线。

阿勒坦·切吉的胡须犹如雕鹰扇动着翅膀;他炯炯有神的双眼,仿佛是雪豹在寻找猎物;他前额的皱纹,犹如角斗中的公牛;他的吼声似发怒的公驼。他头戴金盔,手提钢鞭,身背硬

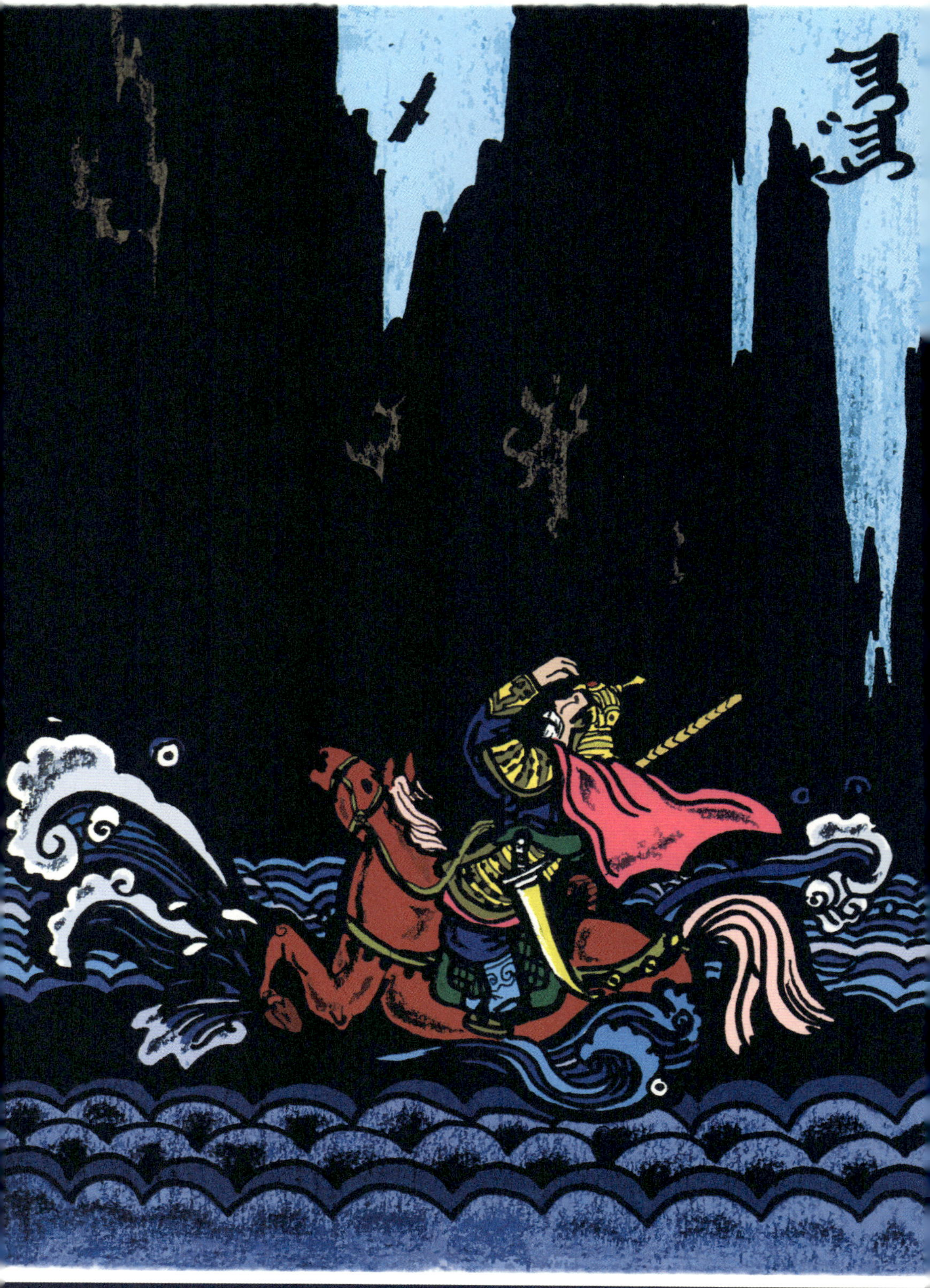

弓，左股佩剑。那把宝剑是几十人用了一年时间锻造而成，开刃又用去一年，其剑锋白如雪、薄如纸，寒光闪烁，削铁如泥。

大红神骥跑了五十个昼夜还没有出宝木巴地界，阿勒坦·切吉心里不禁有些着急，他拍着大红神骥的脖子，质问道："你不是号称飞箭吗？你不是被誉为海青雕吗？为什么这么多天还跑不出自己的墙垣？如果像你这样，我们何时才能到达目的地？"

大红神骥也觉得有些惭愧，它猛然扬起八十庹长的尾巴，竖立起金刚杵般的耳朵，放开四蹄就狂奔起来。又整整跑了两个月，终于来到了阿布浑海滨。

阿勒坦·切吉伫马而望，只见阿布浑海烟波浩淼，惊涛骇浪。海岸壁立，高耸入云，黄羊不可攀登，苍鹰亦难立足。低处也有百仞，麋鹿也会望而却步。他骑着大红神骥逆流跑了二十五天，没有找到渡口；又顺流跑了十五天，也没有找到渡口。他心中万分着急，嘴里也燎出了水泡。

阿勒坦·切吉在海岸徘徊了四十天，当旭日东升，新的一天来临时，他终于决心豁出去了，在大红神骥屁股上狠抽一鞭，纵马跳入大海的波涛中。

大红神骥劈波斩浪，仿佛在与八千匹马进行竞赛，它用全身力气游了一个时辰，却仍然离岸不远。阿勒坦·切吉拉紧金笼头对它说："俗话说沧海横流方显英雄本色，现在你的威风到哪里去了，怎么如此随波逐流啊？"

大红神骥一听，仰天长啸，一使劲踏上水面，在惊涛骇浪中拼搏了二十五天，终于到达彼岸。可是海岸仍然异常陡峭，它来回游了十五天，找不到上岸的地方。阿勒坦·切吉忍不住对大红神骥吼道："你难道是海中的鱼、水中的鳖，一辈子不想上岸啦？"说罢，在大红神骥屁股上抽了一鞭，大红神骥纵身跃出水面。

阿勒坦·切吉揪着的心终于放了下来。这时，他也觉得饥肠辘辘，见不远处有一片树林，知道林里定有可吃之物，于是背着弓箭去了林子。在林子里他很快就猎获了一只梅花鹿。他背着梅花鹿来到草地，燃起篝火将鹿肉烤上。鹿肉还在吱吱地冒着血泡，他就忍不住地吃了起来。很快一只鹿就全部填进了肚子。之后，他展开四肢仰躺在草地上，看着空中千变万化的云彩和翱翔的雄鹰，竟不知不觉地睡着了。

不知过去了多久，阿勒坦·切吉从梦中醒来，见吃过了草的大红神骥肚大腰圆、精神抖擞地站在他身边，他亲热地摸了摸它的鼻子，一骨碌爬起来跨上马背就向锡基尔山奔去。

大红神骥飞奔了七天，来到一座平顶山前，阿勒坦·切吉登上山顶一望，便可见山脚下萨纳勒金碧辉煌的宫殿，宫门前五百五十个卫士头枕着树干在酣睡，鼾声震得树叶簌簌响。

萨纳勒正在宫殿与臣僚们饮酒作乐，美酒烧红了他黝黑的脸庞，山峰一般的身躯显得格外威武雄壮。酒宴已经进行了八十天，在座的人无不是满面红光，眉飞色舞，情绪亢奋，看样子还没有结束的意思。

阿勒坦·切吉解决了卫士，神态自若地闯进宫去，走进席间，在右席勇士巴达玛·格日勒与奥其尔·格日勒两人中间坐下。

阿勒坦·切吉用七十五个人才能抬动的巨碗，一气干了七十五碗马奶酒，接着又喝了八十五碗醇酒。待吃饱喝足后，他来到萨纳勒的银桌前，声若洪钟地说："萨纳勒，你听着，我是金胸智者阿勒坦·切吉，现在特地来传达江格尔汗的谕旨，问你是要和平还是要战争。你如果要和平，他可以送给你十二匹骏马；你如果要战争，我要将你扔进阿布浑海，赶走你的奴隶，不给你留下一条母狗和一个孤儿。"

萨纳勒突然见到一个陌生的老人站在面前，还声色俱厉地质问他，不禁怒发冲冠地问道："你是怎么闯入我的宫殿的？"

阿勒坦·切吉冷笑道："你的人全都醉生梦死，我就大摇大摆地走了进来。"

萨纳勒结巴道："我……我问你，是谁请你来的？"

"是你请我来的啊。"阿勒坦·切吉调侃道。

萨纳勒听阿勒坦·切吉出言不逊，气得他脸色发紫，想不到一个陌生人随便进入自己的宫殿，居然还坐在那里吃喝了几天，觉得实在是丢人。见宫廷主管还在昏睡，他便抓起桌子上的酒碗砸了过去，怒吼道："你们这些混蛋，这么大的一个活人进来竟然都不知道。"

接着，他又不屑地对阿勒坦·切吉冷笑道："哼，你一个老朽，只有杀死牛犊的力气还妄想捕捉公牛。你只配与老牛同行，岂敢与骏马赛跑。我告诉你，我要你去与我的人战斗，如果你获胜了，你就随便赶走我的马群，我也心甘情愿当江格尔的臣民。你若是输了，哼，那江格尔就得乖乖地送来三百匹骏马，不然你就休想离开这里。"

"此话当真？"阿勒坦·切吉追问道。

"大丈夫说话就如射出去的箭，难道是可以追回来的吗？"萨纳勒气得额上青筋暴凸，拍着自己的大腿说。

阿勒坦·切吉朗声道："既然可汗给了我这个权力，那我就照你说的办了。"说完大踏步地出了宫殿。

一群人奏着鼓乐，举着旗幡，呼喊着口号，里三层外三层地将他们团团围住。

阿勒坦·切吉面对来势汹汹的敌人，面不改色心不跳，左冲右突了四十九个昼夜，杀得敌人一一倒下。然后，又冲破敌人的层层堵截，一直跑到锡基尔山上，他从怀里掏出法绳，在手臂上绕了十三道，瞄准金殿的尖顶抛了出去。法绳发出悦耳的呼啸声，盘旋着飞向宫殿翘起的檐角。他接着发出一声怒吼，大红神骥用力拽起法绳，只见七千根立柱摇摇欲坠，八万根雕梁吱嘎乱响。他又是一声大吼，大红神骥挣得耳朵直立，尾巴倒竖，金殿顷刻间轰然倒塌。

萨纳勒的勇士奥其尔·格日勒灰头土脸地从瓦砾堆中爬出来，一见面前横刀立马的阿勒坦·切吉不禁大吃一惊，慌忙向大旗杆跑去，他想去扯下黑色大纛以号召部众。阿勒坦·切吉催马追上，伸手抓住他的盔甲，欲将他拽到马背上来。

奥其尔·格日勒突然来了个鹞子大翻身，挣脱阿勒坦·切吉的巨手，举起大弯刀反砍过去。两人交手仅十几个回合，他手中的大弯刀就被阿勒坦·切吉打飞，他只得乖乖地束手就擒。

阿勒坦·切吉活捉了奥其尔·格日勒，捆了他的手脚绑到马背上，这时萨纳勒的另一个勇士——飞毛腿巴图尔骑马赶到。此人的功夫十分了得。他奔跑起来赛过最快的骏马，能追上受惊的野兔。他的眼睛能看到骏马要跑十二个月才到的地方，甚至可以看到那里小马驹翕动的鼻翼，以及蚊子有几条腿。他拦住阿勒坦·切吉气急败坏地："老东西，你已经是老得像快要咽气的骆驼，虚得像空谷中的回声，弱得犹如没了骨髓的老牛，我就不想跟你动手了，快将我的朋友放下来吧！"

阿勒坦·切吉强压住怒火："你这个不知天高地厚的东西，就像田野里恐吓鸟兽的稻草人，牧场上守夜的烂布条。萨纳勒的宫殿已经让我拽得底朝了天，你还假装看不见，死了的鸭子还嘴硬，有本事你就过来吧！"

巴图尔气得络腮胡子倒竖，嗷嗷大叫着冲向阿勒坦·切吉。阿勒坦·切吉策马便跑，边跑还边向他招手，想到了锡基尔山再收拾他。巴图尔不知是计，在后面紧紧追赶。

阿勒坦·切吉来到一条峡谷，见飞毛腿巴图尔紧随其后，转身杀了他一个回马枪。巴图尔慌忙躲过，差一点栽下马背。两人随即拼杀了几十个回合，阿勒坦·切吉瞅准巴图尔的一个破绽，一刀砍在他头顶上，砍破了他用十二层牛皮做的头盔，吓得他抱着马脖子仓惶而逃。

萨纳勒率领大军围追过来，将阿勒坦·切吉团团围住，双方再一次展开了惊心动魄的混战。

阿勒坦·切吉骑着大红神骥，杀了一层又一层，打倒一批又一批，挑破的铠甲好似乌鸦在空中飞舞，砍烂的旗幡像雪片在头顶上飘扬。阿勒坦·切吉在奋战中，突然脊背上中了一刀，这一刀砍断了他的牛筋甲带，击歪了他的金银头盔。他心里突然一慌，感觉体力有些不支，于是他撒开了大红神骥的银缰。大红神骥猛然一声长嘶，一跃踏着敌人的头顶冲出了包围圈，咬紧牙关直奔狮子山而去。

自从阿勒坦·切吉出征后，江格尔无时不在惦记着他，常常在心里为他祈祷，望佛祖保佑他平安归来，可是眼看着半年过去了，依然没有他的消息，江格尔预感到事情可能有些不妙。一天，他在宫里举行例行聚会，神情凝重地将自己的担忧对众勇士说了出来。他说梦见阿勒坦·切吉骑着大红神骥笑着跑来，俗话说梦是相反的，因此担心老英雄可能遇到了麻烦。

众巴特尔听江格尔这么一说，纷纷嚷着要去支援阿勒坦·切吉。

江格尔见他们群情激愤，随即命令马夫长包鲁·芒乃，到宫门楼上击起花斑大鼓召集军队。

包鲁·芒乃来到楼上，挽起衣袖抡起旃檀木鼓槌，击响了巨大的花斑鼓。鼓声响彻宝木巴大草原，久久地回荡在阿勒泰山谷。

敦布·希尔克的次子阿勒坦·喀勒听到鼓声，第一个去向江格尔请战。他的黄膘马身长九庹，蹄如巨盆，牙长九拃，坚如金刚石。此马的生父本是天外来客。有一天，它来到喀斯湖饮水，与一匹美丽的牝马邂逅，牝马即以身相许。牝马以为从此可与这位英俊的夫君厮守一辈子，让其他牝马羡慕。可事后天马并没有留连忘返，只是舔了舔牝马的脸颊就飞走了，牝马在无尽的期盼中产下了黄膘马。

包鲁·芒乃继续擂着鼓，巨腹大汉古赞·贡贝骑着大象般的黑马，手持五十二庹长的铁叉赶来。他正坐的时候，一个人能占去五十二个人的面积，侧坐的时候也要占去二十五人的位置。他一顿能吃掉一头牛，喝掉八百碗酒浆。他摇晃着身躯来到江格尔面前，瓮声瓮气地说："英明的圣主，让我去帮助老英雄吧，我一定把萨纳勒活捉回来。"

陶斯可汗的儿子墨力根·塔布噶听到鼓声，手提铁刀杖走来。他高大魁伟如锡基尔山峰，他强壮的枣骝马能填平四十九个海子。他一进宫殿就跪到江格尔面前："伟大的江格尔汗，还是恩准我去出战吧，我去提了萨纳勒的头来见您。"

阿勒坦·切吉的儿子阿里亚·雄霍尔见众人纷纷前来请战，心中十分感动。为了父亲的荣誉，他也跪到江格尔面前："伟大的圣主江格尔，我的父亲是为了您和宝木巴的荣誉去出征的，现在他没有回来，作为他的儿子，我理所当然地应该第一个去救他，您答应我的请求吧！"

大巴特尔们铿锵的话语让江格尔非常高兴，他乐在心里，喜上眉梢，决定亲自率军出征。

阿里亚·雄霍尔打着杏黄旗做前锋，江格尔则率领着敬酒官明颜、断讼官凯·吉勒干为中军，巨腹大汉古赞·贡贝做后卫。队伍飞驰了四十九天来到阿勒坦·楚胡尔山下，与萨纳勒在孟都叶拉门山的营地相对而望。

营地安扎停当，江格尔就立即派人去向萨纳勒下了战书，约定三天后在查扎山前交锋。

到了约定的日子，江格尔披挂整齐，跨着阿冉扎勒率先出阵，远远地就看到在萨纳勒阵前的黑色大旗下，伫立着一个黑黝黝的人。江格尔猜他一定是萨纳勒，于是催马上前问道："大概你就是英雄萨纳勒吧？"

萨纳勒黑着脸："我知道你就是江格尔，有话就说，有屁快放。"

江格尔听他出言不逊，心头火起："你快将我的老英雄阿勒坦·切吉交出来，不然我要将你扔进阿布浑海，掳走你的全部牲畜，不给你留下一个妇女和儿童。"

萨纳勒毫不示弱地回道："你个乳臭未干的毛头小子，竟敢如此口出狂言，我这里没有你的什么阿勒坦·切吉，有本事你就自己来找吧！"

江格尔按捺不住胸中怒火，挺着阿拉牟长枪以迅雷不及掩耳之势向萨纳勒冲去。

萨纳勒连忙挺枪应战，两匹马如影随形紧紧纠缠在一起，打得日月无光，昏天黑地。两人激战了几百个回合，从平地打到山上，又从山上追到谷地，红沙马忽儿跑在前面，阿冉扎勒紧追其后。忽儿又是阿冉扎勒在前，红沙马在后，几天几夜都难分胜负。

阿冉扎勒跳进海里，红沙马也紧随其后，两匹马踏波逐流互相追赶，萨纳勒挺枪向江格尔的后心刺去，没想到他突然看到江格尔后背金光一闪，有千万根金针刺向他的眼睛，他感到一阵晕眩，忙停下来在后面仔细端详江格尔，数了他头上的头发，又数了他身上的骨头，看出此人确实不同凡响。他记起以前曾经做过一个梦，在冥冥中佛祖说东方是他今后的归宿。他想，佛祖的旨意是不能违抗的，于是驱马上了岸。

江格尔回头见萨纳勒不再追赶，不知道他要耍什么诡计，急

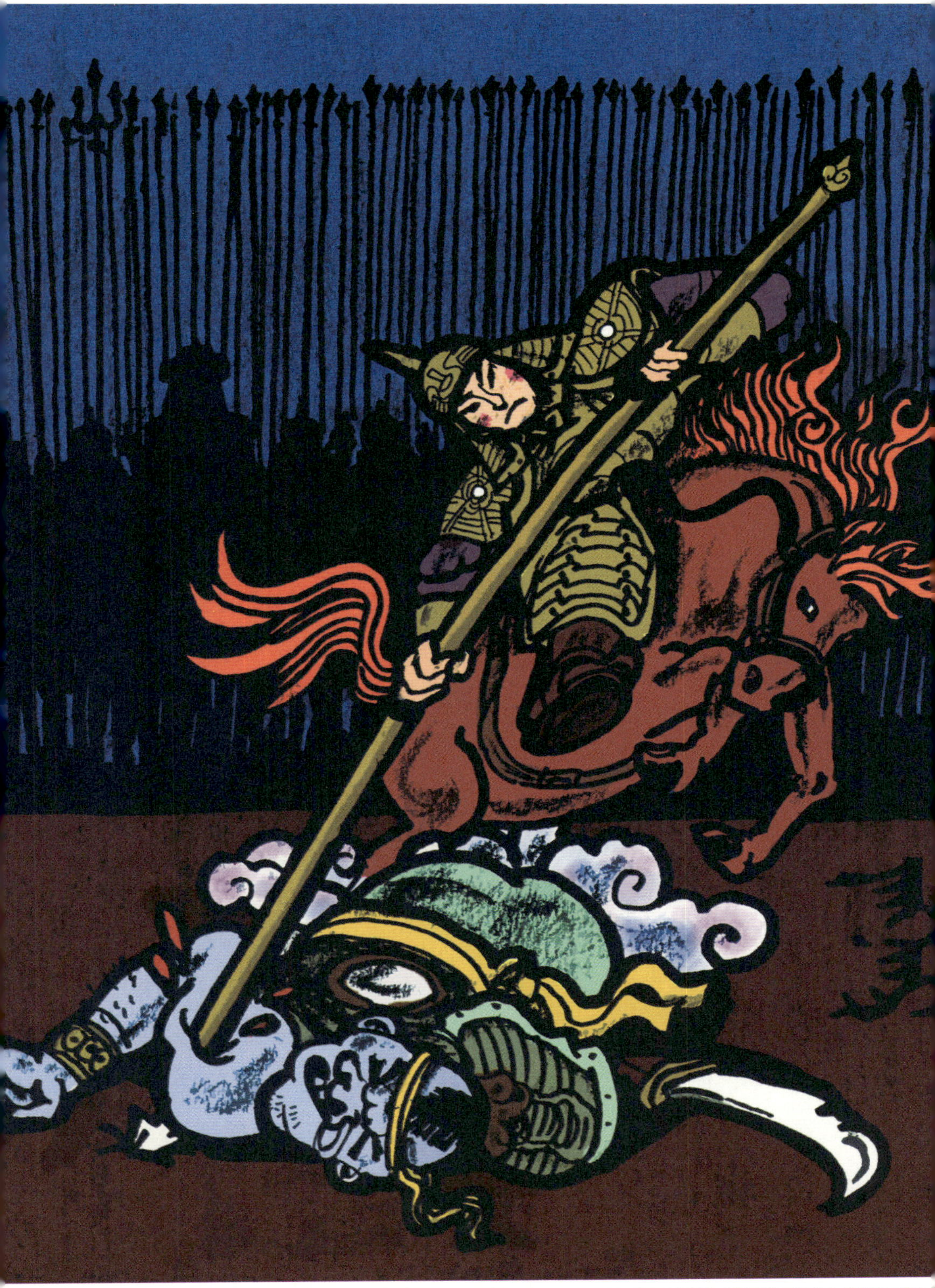

驱阿冉扎勒追到萨纳勒身后，挺起阿拉牟长枪刺中了他的肩胛，并将他挑下马背，大声地问道："萨纳勒，你有什么夙愿就快快地说出来吧，不然就再也没有机会了。"

萨纳勒喘着粗气，道："荣耀的江格尔汗，我今天终于知道您才是阳光下万物的主宰，是游牧之民洪福齐天的大可汗。我从此不再与您作对了。"接着又说："我愿意投入您的怀抱，战斗时是您的战马，冲锋时做您的号角。"

江格尔答应了萨纳勒的请求，在他的伤口上抹上神药，接着又让他吞下神药，治好了他的内外伤。

这时奥其尔·格日勒、飞毛腿巴图尔匆匆赶来，他俩见主人与江格尔谈笑风生，感到莫名其妙，对视一眼转身欲走。萨纳勒忙叫住他俩，说："我现在已经归顺了江格尔汗，你们还在等待什么？"

两人立即跪到江格尔面前："您的衣襟如果还能够包容我们，我们也愿意做您的臣民。衷心地祝愿宝木巴没有衰老和死亡，永远都像二十五岁的青年一样。"

江格尔高兴地扶他俩站起来，战斗就此宣告结束。他立即派人去寻找阿勒坦·切吉。

阿勒坦·切吉负伤跑到狮子山，他滚下马鞍躺到地上干咽下一粒刀伤药，一觉醒来伤口已经痊愈。听到远处传来千军万马的厮杀声，他知道是江格尔率众支援他来了，而且还知道萨纳勒必定已归顺江格尔。他跨上大红神骥，不慌不忙去与江格尔会合。

半路上，阿勒坦·切吉遇到儿子阿里亚·雄霍尔寻来，父子俩战后重逢，自是激动万分。

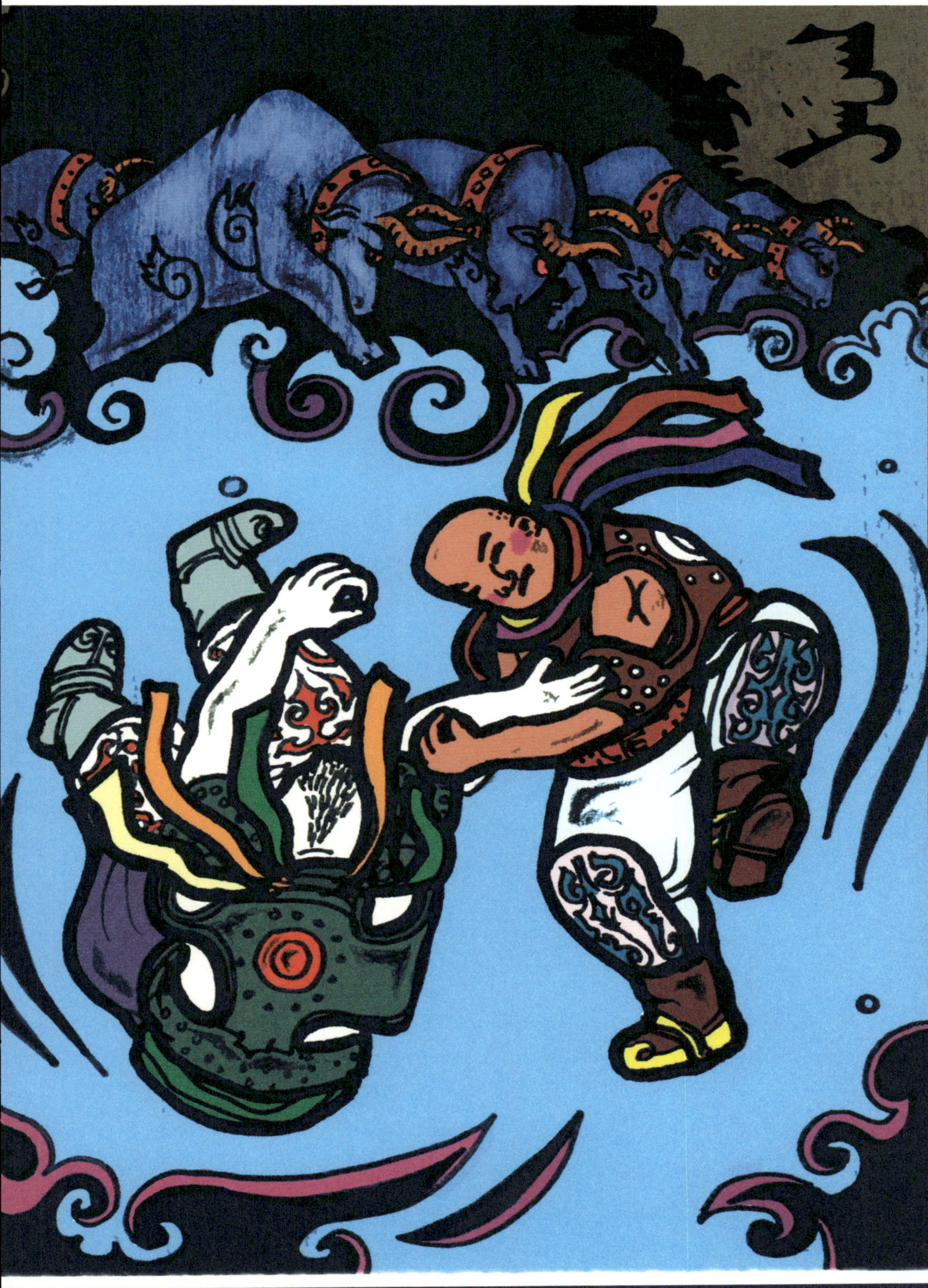

江格尔见阿勒坦·切吉安然无恙,向他表示了诚挚的祝贺,简单地了解了一下他出征后的情况,就让众人尽快打扫战场。

回到宝木巴后,江格尔在黄金宫殿举行了盛大的宴会,一是表彰阿勒坦·切吉的功劳;二是欢迎萨纳勒率部归顺,为宝木巴又增添了力量,他安排萨纳勒坐在洪古尔之后的第三个席位。

大巴特尔、伯东、勇士、万户长、千户长、百户长们团团围着江格尔坐了七圈,大吃大喝地狂欢了八十天。又接着举行了七十天的那达慕节,在射箭、赛马、摔跤比赛中宝木巴健儿大显身手,让萨纳勒赞叹不已。

第四回

洪古尔降服萨布尔

人中枭雄、铁臂大力士萨布尔是江格尔汗麾下又一个大巴特尔。他出生于可汗家庭,父亲年轻时力大无比。一次他去视察草场的途中与一头黑熊偶遇,他凭着勇敢和智慧徒手打死黑熊,从此成为闻名遐迩的伏熊英雄。

萨布尔的母亲也出生于一个富有的人家,她的家产多如海洋里的鱼,八十天都数不过来。出嫁时父母给她陪嫁的财产,几辈子也用不完。她心地善良,敬老爱幼,乐善好施,只要有人需要帮助,她绝对是有求必应。

在这样勇敢的父亲和善良的母亲教育下,萨布尔从小生性刚强,豪爽耿直。他不仅骑术精湛,而且兵器娴熟。但是就在萨布尔三岁时,母亲因病去世。

由于失去自己所爱的亲人,萨布尔的父亲整日借酒浇愁,不醉不休。在萨布尔四岁时,父亲也染疾而终。在他弥留之际,曾对儿子说出江格尔的神通:他会八十二变,通七十二种法术。宝木巴是人间天堂,那里的人民安宁、幸福,没有骚乱。孤独的人到了那里，都会拥有人丁兴旺的家族；贫穷的人到了那里，也会变得富裕起来。他要萨布尔在他去世之后赶快去投奔江格尔。

可是因为萨布尔当时很年幼，而且又是在悲痛之中，错将父亲说的江格尔听成了夏拉·蟒古斯。在父亲走了之后，管理家园的担子全都落在了他的肩上。他在无尽的繁忙中度过了七八年，想起了父亲的遗嘱，就骑着栗色马要去寻找夏拉·蟒古斯。

萨布尔走过辽阔的草原和茫茫戈壁滩，翻过连绵的山岭，涉过十八条大河，来到了一个十字路口。面前的三条路伸向三个不同的方向，他一下子茫然无措，不知道应该朝哪个方向走了。他徘徊在一棵孤独的旃檀树下，左等右等三天见不到一个路人。路虽然在脚下，却不知道前进的方向。

与此同时，在江格尔的九彩十层宫殿里，阿勒坦·切吉正在给大家讲萨布尔的故事。他讲了萨布尔一只手可以托起大山，他的眼睛能看到几十里外奔跑的兔子，看到云端里飞翔的云雀。因为他在几年前听错了父亲的遗嘱，如今他要去投奔夏拉·蟒古斯，现在他迷了路正独自在旃檀树下徘徊，若是能够把他请来宝木巴，那江格尔就如猛虎添翼。如果他去投奔了夏拉·蟒古斯，那无异于助纣为虐。他认为应该尽快派人去劝他来宝木巴。

江格尔觉得阿勒坦·切吉的话很有道理，立即问在座的大巴特尔，有谁愿意去劝说萨布尔来宝木巴。大巴特尔们放下手中的酒碗，争先恐后地要求去执行这个任务。

正在众人争得不可开交之际，阿勒坦·切吉对江格尔说："伟大的圣主，萨布尔可是个骁勇善战的骑士，一般的人难以近他的身，我认为还是应该派一个力量大于他的人去比较好。"

江格尔笑道:"你说的是洪古尔吧。"

阿勒坦·切吉捋着花白胡须,颔首道:"正是。他是众多恶魔的克星,在一百个英雄中他名列前茅。他只身征服过七十个可汗,冲进敌群仿佛大灰狼进入羊群,一口就能咬断敌人的喉咙。一次,有六万敌人将他包围,他徒步与敌人鏖战,武器打坏了,他连根拔起旃檀树,将五十个大力士打得支离破碎,接着又横扫得五十个勇士血肉横飞。他的盔甲被打烂,浑身血肉模糊,这时有六千杆长矛一齐向他刺来,他纵身踩着矛尖像火星一样跃到了高山顶上。"

听了阿勒坦·切吉的介绍,勇士们无不拍手叫好,频频来与他干杯。洪古尔也有些得意,用七十五个人才能抬动的巨碗连喝了三十碗。不一会儿他就醉倒在地。

江格尔只得派侍卫抬洪古尔回家。

送走了洪古尔,江格尔决定亲自去请萨布尔,下令阿里亚·雄霍尔、萨纳勒随他一起出征。

萨纳勒听到江格尔点名要他随征,连喝了三大碗酒,然后哈哈笑道:"英雄终于有用武之地了。"

第二天一早,江格尔去祭祀完敖包,便提着阿拉牟长枪,带着两位大巴特尔、三十三个伯东、六千零十二名勇士浩浩荡荡地出发了。

阿里亚·雄霍尔将金灿灿的杏黄旗插在马鞍右侧,威风凛凛地走在队伍的最前面。

孤独的旃檀树下,萨布尔在焦急地徘徊着,白鼻梁栗色马的缰绳拴在树干上。江格尔老远就看到了他,也猜到他一定是萨布尔。到了萨布尔面前,他上前双手一拱:"请问勇士,你从哪里来,要到哪里去?"

萨布尔见是个素不相识的陌生人,只是瞟了他一眼便扭过头去。

江格尔再次问道:"勇士,我在问你话呢,你是从哪里来,要到哪里去?"

萨布尔瞅了他一眼,仍然一声不吭。

江格尔见他置之不理,提高了嗓门道:"你难道是耳朵聋了,还是眼睛盲了,我在与你说话,你为何不搭理啊?"

"我又不认识你,为什么要搭理你?"

"请问你就是萨布尔吧?"

"是又怎么样?"

"我是宝木巴的江格尔,知道你困在这里,我们跑了几十天的路就是专门来请你的。"

"你是江格尔又怎么样,赶快给我让开,别影响我赶路程。"萨布尔说着就要去解马的缰绳。

萨布尔的话惹怒了年轻的阿里亚·雄霍尔,他冲过去就要抓萨布尔。萨布尔听到耳后有微弱的风声,迅速挥手一挡,将阿里亚·雄霍尔掀下了马背。

江格尔见一时难以说动萨布尔,便一声令下,三十三个伯东、六千零十二个勇士立即扬鞭催马,呼喊着宝木巴的口号向萨布尔包围过去。

萨布尔来不及解开栗色马的缰绳,徒步提着月牙巨斧迎战。萨纳勒趁机快马来到旃檀树下,匆匆去解栗色马的缰绳,因为骑手离开了马背就寸步难行。不料，栗色马瞪着骆驼蹄子般大的眼睛，立起六拃长的耳朵，猛然咬住了他的胳臂。萨纳勒本能地将手一摔，只听"哧啦"一声，他的衣袖被撕烂了，差一点就伤了他的胳膊。

栗色马的狂怒，让萨纳勒非常着急。他自以为是赫赫有名的英雄，制服一匹马没问题，可没想到栗色马会如此桀骜不驯，这不是把脸丢到家了吗？再说，江格尔还指望他抢走栗色马，让萨布尔无所依靠呢。想到这里，他从红沙马背上飞身跃到栗色马的背上，揪着它六拃长的耳朵，一刀割断缰绳就跑。

红沙马咬着栗色马的长鬃，挟持着它跑到江格尔的杏黄旗下。

萨布尔在混战中突然看到栗色马被抢，大惊失色。他虚晃一招避开阿里亚·雄霍尔，直奔萨纳勒而去。他直奔萨纳勒面前，怒气冲冲地吼道："何方妖怪，快快放下我的马来，不然你必死无疑。"

萨纳勒见萨布尔徒步追来，为显示自己的公正也跳下马背。萨布尔抡起月牙巨斧直取萨纳勒的头颅，他急忙举起九环鬼头刀迎上。两人左挪右闪，你来我往，打了几百个回合不分胜负，气得萨纳勒嗷嗷大叫。

江格尔站在高处看到萨布尔骁勇善战，越看心里越觉得喜欢，不禁暗自叹道："如此人才，怎可以让他去投奔夏拉·蟒古斯呢？那对宝木巴来说将会是一个巨大的损失。"见萨纳勒一时难以取胜，他不由得又想起了洪古尔，何不叫他来与萨布尔比个高低呢？

江格尔爬到山顶大声地呼唤起洪古尔来："雄狮洪古尔，我的好兄弟，如果让我亲眼看到你与萨布尔斗一场，那该是多么惬意的事啊！"他的吼声穿越高山，穿透森林，惊得山沟里三岁的小熊胆破血流，吓得戈壁滩上五岁的豺狼丧魂落魄。

祖拉·赞丹正在屋里喝茶，发现碗里的茶水略起微澜，忙侧耳静听，隐约听到是江格尔在呼唤。

祖拉·赞丹忙来到洪古尔的房间，看他还趴在熊皮褥子上酣睡，那模样煞是让她心疼，真是不忍心叫醒他。可是江格尔的呼唤一声接一声地传来，她听出似乎十分焦急，说明圣主一定是遇到了急事。她想，不能因疼爱儿子而耽误宝木巴的大事。想到这里，她忙用白玉一般的纤纤十指，在儿子箭筒般的耳朵背后轻轻地挠了二十三次。

洪古尔突然一个激灵坐了起来，揉了揉眼睛见是母亲坐在旁边，忙问道："阿妈，你是有什么事吗？"

祖拉·赞丹："我的好儿子，你是为江格尔而奔跑的骏马，你是为江格尔攫取猎物的雕鹰，你是搏击长空的鹰隼，你是称雄草原的野狼。在战场上，你是大无畏的英雄；在危难时，你又是巍然屹立的擎天柱。可是，这次圣主要你出征，你却因贪杯而酩酊大醉，别人去战场上厮杀，而你还卧在床上做梦，你这样一个嗜酒如命的人有什么用呢？我现在听到圣主在呼唤你的名字，可能是他遇到什么麻烦了吧。"

听到母亲的责备，洪古尔霍地从床上一跃而起，急道："阿妈，快去叫人帮我将铁青马套来。"

这时又传来江格尔呼唤"洪——古——尔——"的声音。

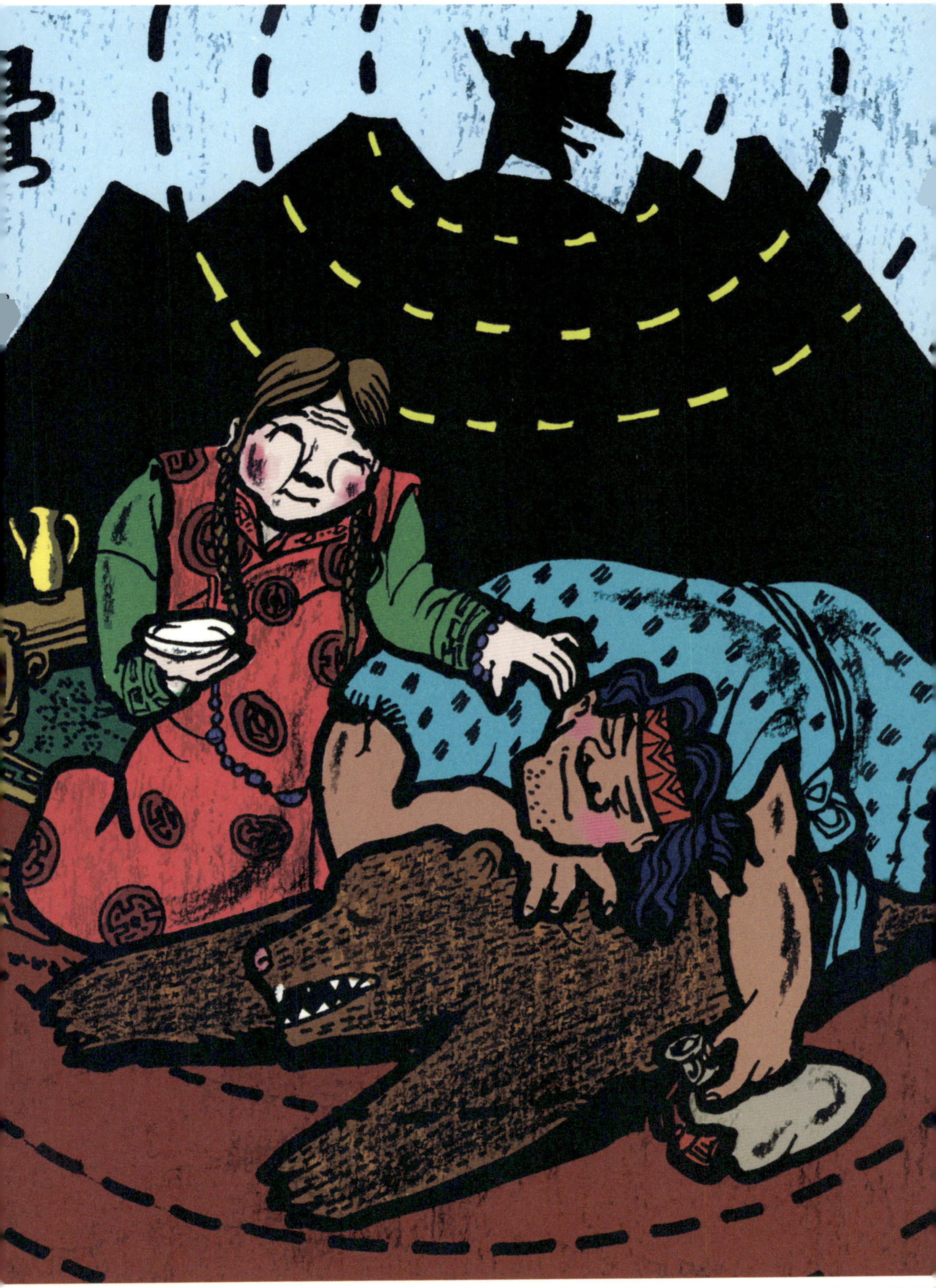

洪古尔听出这确实是江格尔的声音，他顾不上喝一口母亲端来的热茶，急忙去穿盔戴甲。

铁青马来到洪古尔面前，见主人已经披挂齐整，知道这是要去出征，兴奋地刨着前蹄，喷着响鼻，接着一声长嘶，昂首扬鬃立起前蹄，拽得马夫一个趔趄。

洪古尔左股佩戴着阴阳宝剑，右手紧握钢鞭，脚踏银镫，跃身跨上雕鞍。铁青马一声嘶鸣，如离弦之箭飞驰而去，一天就跑完了三天的路程，二十多天就来到了旷野，看到金灿灿的杏黄旗下立着多日不见的江格尔，他身边是萨纳勒和阿里亚·雄霍尔，以及三十三个伯东、六千零十二名勇士。不远处的旃檀树下伫立着一个彪形壮汉，肩膀上扛着巨大的月牙斧。

洪古尔猜想此人可能就是萨布尔，他高呼着宝木巴的战斗口号直奔萨布尔而去。吼声震得山上的石头应声滚落，树叶子也簌簌发抖。

江格尔突然见到一匹骏马直奔萨布尔，定睛一看原来是洪古尔，于是激动地高呼："洪古尔，我的好兄弟，寒冷时，你是我御寒的皮外套；危急时，你是我嘹亮的海螺；战斗时，你是我坚固的铠甲；奔跑时，你是添翼的骏马。我需要的人，你手到擒来；作恶多端的魔鬼，你立马征服。呵！我的好兄弟，我有千言万语，说得口焦舌燥，也说不尽你的好处。现在正当我想你的时候，你很快就出现了。现在是人中枭雄萨布尔与雄狮英雄洪古尔相会，我真想看看你们谁能取得最后胜利。"

汗水顺着洪古尔握着阴阳宝剑的手滴落，他快马冲到萨布尔面前，大喝道："雄狮英雄洪古尔来了！"说罢，犹如蛟龙入海，猛虎下山，对着萨布尔就猛刺。

萨布尔知道他是洪古尔，再看他娴熟的剑法，果然是名不虚传，不由暗叹道："江格尔有如此的猛将，一定能战无不胜，攻无不克。"

洪古尔的神剑如毒蛇吐信，在萨布尔身前身后、头上脚下金蛇狂舞，逼得他步步后退。

然而萨布尔并没有胆怯，他挥舞着月牙巨斧，也一次次劈向洪古尔。洪古尔刚刚侧头躲过一斧，他紧接着第二斧又劈了过来。洪古尔因躲闪不及，被砍断了肩膀上的青铜甲环，斧刃陷进肉里有三指深，鲜血喷涌而出，染红了他的战袍。只听洪古尔仰天怒吼道："玉石般的阿勒泰山啊，荣耀的江格尔汗啊，亲爱的各位勇士，你们看着吧，只要我洪古尔不倒，我就一定要将萨布尔生擒过来。"说罢撕下衣襟裹住伤口，继续与萨布尔搏斗。

江格尔见洪古尔受伤，知道他这是吃了短兵器的亏，忙叫萨纳勒将自己的阿拉牟长枪给他送去。

洪古尔见萨纳勒骑马扛枪跑来，以为他是前来支援自己的，不悦地喝道："你站住！谁要你来帮忙的？"

萨纳勒道："是圣主让我给你送长枪来了。"

"那你就扔过来吧。"洪古尔吼道。

萨纳勒知道洪古尔的脾气，也就不再往前走，他一甩手将阿拉牟长枪掷了过去，一头扎到洪古尔的马前。

洪古尔拔起阿拉牟长枪直向萨布尔刺去。

萨布尔敏捷地挥斧挡开，见洪古尔受了重伤还如此顽强，他从心眼里产生了对洪古尔的崇敬，暗叹此人真是人中豪杰，天地英雄。现在洪古尔手里有了长枪，一定是如虎添翼，如果继续徒步与他们斗，明显的要吃大亏。再说，自己与江格尔无冤无仇，为什么要与他们拼一个你死我活呢？想到这里，他突然转身就走。

洪古尔见萨布尔不战而走，很有些莫名其妙，挺着枪在后面紧追。

萨布尔健步如飞，两条腿的人岂能跑过四条腿的马，洪古尔很快就追上他，对准他的后心投出金枪，金枪呼啸着擦着他的头皮飞过。洪古尔冲上去，一把揪住他铠甲上的三个大如三岁绵羊的铁环。

萨布尔也反手抓住洪古尔的胳膊将他拽下马背，两人便在草地上摔打起来。他们俩从中午一直摔到星星满天，从半夜摔到黎明，最后还是萨布尔没了力气，他喘着粗气说："我们不要打了，你的确不愧为雄狮英雄，是江格尔值得骄傲的兄弟，如果不是阿爸要我去找夏拉·蟒古斯，我情愿去宝木巴投奔江格尔。我是父亲的儿子，他的话我是不能不听啊。"

洪古尔："你的英名我也早有耳闻，今天与你交手后，知道你果然是身手不凡，咱俩真是不打不相识啊。不过，你说的那个夏拉·蟒古斯，可是一个十足的大恶魔，你父亲是那么英明的一个人，怎么可能会让你去投奔他呢？我看一定是你搞错了。"

萨布尔强辩道："我没有听错，阿爸在临终时就是这样对我说的。"

洪古尔："我想你一定是听错了，好人岂能去为虎作伥，助纣为虐呢？"

萨布尔沉默不语，心里七上八下地打起鼓来，他觉得洪古尔的话有道理，可是父命不能违，也是不该违的呀。

洪古尔见萨布尔不再言语，猜想他心里一定在动摇，于是进一步劝道："你别再犹豫了，还是跟我去见江格尔吧。他是宝木巴的圣主，是草原永远不落的太阳，灿烂的光辉普照大地。他的胸怀像海洋般广阔，我想他一定会欢迎你的。再说，我也希望咱俩能成为好兄弟，共同为宝木巴人民造福。你阿爸若是在天有灵，也一定会高兴的。"

萨布尔思忖良久，终于答应去投奔江格尔。

俩人躺在草地上，洪古尔紧握着萨布尔的手，对他讲述了江格尔，讲述了宝木巴，以及其他勇士的故事，讲着讲着，他俩竟睡着了。

江格尔久不见洪古尔归来，心里十分焦急，便骑着阿冉扎勒去寻找。当他转到山后，见洪古尔与萨布尔躺在草地上手拉手正睡得香甜，他心里的石头这才落了地。

江格尔见洪古尔的肩膀还在流血，忙给他抹上神药，治好了他的伤，又看到这个打得他人仰马翻的萨布尔，嘴角也有血迹，忙掏出神药，扳开他的嘴让他服了一丸。洪古尔和萨布尔醒来见是江格尔，两人一齐跪到他面前，请求他的原谅。江格尔忙将他俩扶起来，理了理他俩的盔甲，微笑道："你俩都是英雄，我非常喜欢。"

萨布尔激动地对天发誓："我决心将生命交给江格尔，将力量献给宝木巴，将友情献给洪古尔！"他的话音刚落，巨斧便闪射出十五道金光。

江格尔对洪古尔说："洪古尔，我亲爱的兄弟，既然萨布尔都已经发过誓，你也应当发个誓。"

洪古尔也庄严地说："我发誓：我要将宝贵的生命交给刀枪，将赤诚献给尊贵的江格尔汗，将友情与萨布尔紧紧相连。我俩不怕抛头颅、洒热血，永远团结向前！"说罢，与萨布尔歃血为盟，结为兄弟。

江格尔见他俩都恢复了体力，便向苍天祈祷，老天爷很快就降下甘霖，洗去大地的血污，荒滩重新长出了森森青草。

阿勒坦·切吉算好江格尔凯旋的日子，他准备了大量的牛羊、美酒，在二十贝热远的地方设宴迎接队伍。人们为萨布尔献上哈达，要他喝了三碗下马酒，孤独了多年的萨布尔深深感受到了宝木巴人的热情。从此，萨布尔成了江格尔十二个大巴特尔之一，座位在洪古尔之下。江格尔的领地有了七十片大海，每片海都有十八万贝热深，一亿贝热宽，骏马五个月也跑不到边。

第五回

萨纳勒的远征

黄金宫殿热闹非凡,勇士们围着江格尔坐了七圈,他们喝着醇香的美酒,吃着美味的牛羊肉,议论着宝木巴的政教大事。这时,有人来报:库都尔·扎尔国的扎安泰吉可汗派军队在北部边境圈占草场,抢走牲畜,还扬言要来杀掉江格尔踏平宝木巴,要宝木巴人做他的奴隶。

江格尔听完勃然大怒,对众人吼道:"这简直是不自量力,是狂妄的挑衅!是可忍,孰不可忍,你们说该怎么办?"

众勇士齐声咆哮道:"踏平库都尔·扎尔,活捉扎安泰吉!"

江格尔扫了一眼在座的大巴特尔们,目光停在了萨纳勒身上:"萨纳勒,我要你作为我的使者到库都尔·扎尔国去,去问问扎安泰吉可汗,他是要和平,还是要战争?"

萨纳勒正喝在兴头上,突然听到江格尔点名要他去出征,心里有些不大乐意。他起身来到江格尔的银座前,摘下头上的金盔端在手里,板着黝黑的脸,道:"荣耀的圣主,当年我答应做您的臣民,那是因为觉得您超凡脱俗,宽厚仁慈。我放弃了可汗的宝座，离别了福德双全的父亲，撇下了菩萨般的母亲，让他们失去对儿子的依靠，失去了人生应有的福祉。为了宝木巴我南北征战，让红花般的妻子离开了丈夫，独自守在她母亲身旁。我不在乎这些个人得失，为您立下了汗马功劳。如今还没有歇上两天，您又要派我到那遥远的地方去，身边既没有兄长的教诲，也没有姐妹为我烧汤做饭。现在既然您的麾下已经有了众多的勇士，为什么不从他们中挑选一位去呢？"

萨纳勒的牢骚话让江格尔大为不悦，他想，这些年南征北战，历尽艰辛，众勇士还没有一个敢这样不服从命令的。他涨红着脸，目光炯炯地盯着萨纳勒，心想，他虽然屡建奇功，但是也不能因此居功自傲吧？我绝不能轻易改变自己的主意，男子汉说话，一言既出，驷马难追。

江格尔用宽大的手掌，抚摩着萨纳勒的头顶："你是草原上的雄鹰，是勇猛的骑士，我派你做使臣是对你的信任。我希望你不要推辞，还是勇敢地去传达我的旨意，告诉扎安泰吉，如果他要和平，就要他保证向我进献五十年的贡品，缴纳一千零一年的赋税；如果他要战争，你就砍倒他的旗杆，将他的黑花大旗装进口袋，再将他的八万匹黑马赶到宝木巴来。"

萨纳勒低着头听完江格尔的话，诺诺连声地回到自己的座席上。

江格尔转向阿勒坦·切吉："老英雄，请你准确地告诉我，库都尔·扎尔国离我们这里有多少路程？"

阿勒坦·切吉咽下一口酒，说："这个国家在日落的西方，山高水深，路途遥远，最矫健的雌雕途中要孵三次卵，还不一定能飞到那里。最快的骏马日夜奔驰，九个月也不知道能否跑得到。"他又割了一块肥羊肉吞下，接着说道："我看到扎安泰吉可汗现在正与他的勇士们欢宴，还狂妄地说：'我们已经征服了南部的国家，现在就该去征服江格尔了。'"

萨纳勒也是个血性男儿，听阿勒坦·切吉这么一说，胸中顿时燃起了愤怒的烈火，将十四对钢牙咬得嘎嘎响，摩擦着铁砧般的拳头，吼道："死亡吓不倒勇士，困难难不住英雄。此行纵然我死了，青山埋白骨，草原洒热血，英雄的美名亘古流传。"

阿勒坦·切吉说："你这次出使异国他乡，路途虽然遥远，任务虽然很重，但是我相信你能挑起这副千斤重担，因为你有智慧，善判断。你与萨布尔一样英勇善战，与洪古尔一样意志坚强，与明颜一样潇洒英俊。你是一个品德高尚、文武双全的大巴特尔。"

阿勒坦·切吉的赞扬叩开了萨纳勒的心扉，醇香的美酒抹红了他的脸庞，黝黑的脸颊泛起红光，他明亮的眼睛转动了十二圈，脸上露出了灿烂的笑容，他对江格尔道："伟大的圣主江格尔，我接受您的命令去出征。诸位勇士，你们就等我的好消息吧！包鲁·芒乃，快去将我的红沙马鞴好鞍鞯。"

萨布尔来到萨纳勒面前，举着自己八十一庹长的月牙巨斧说："拿上吧，我的兄弟，它能帮助你战胜千百个恶魔。"

洪古尔也站起来，摘下佩在腰上的金柄宝剑，对萨纳勒说："我亲爱的兄弟，你把它带在右边，它就是你忠实的伴侣。"

巨腹大汉古赞·贡贝也举着自己的铁叉，对萨纳勒说："萨纳勒，你把它带在左边，它会帮助你化险为夷。我已经为你占了一卜，算出你必定胜利归来。"

萨纳勒拱手向他们一揖："谢谢你们的好意，放心吧，不完成任务我誓不回归。"说完，迈着虎步气宇轩昂地走出镶嵌珠玉的银门。

萨纳勒告别众勇士，一甩用两头牛的背筋编成的皮鞭，红沙马宛如火星一闪，即向日落的地方飞驰而去。

红沙马骨骼清奇，行走如飞。骑着它，萨纳勒日夜兼程奔驰了三个月，饥饿折磨着他的躯体，孤寂煎熬着他的意志。

一天，萨纳勒正行走在荒无人烟的草甸，突然有一个美女拦住他的去路。美女左手提着一皮壶美酒，右手端着一盘香喷喷的肥羊肉，边走边唱着："百灵鸟在天空飞翔，英俊的哥哥从远方来到。长途跋涉的艰苦，一定是口渴心焦；多日奔波的辛劳，一定是饥饿难当。献上天上的玉液琼浆，奉上九十九种美味佳肴，请您下马来尝一尝呀，尝一尝！"

萨纳勒突然眼前一亮，只见美女身材窈窕，婀娜多姿。明亮的眼睛秋波频传，娇媚的脸庞如中秋明月。她洁白的牙齿犹如镶嵌在嘴里的珍珠，闪烁着耀眼的光芒。

萨纳勒不禁心慌意乱，浑身发痒。

美女问候道："尊敬的诺颜哥哥，您一路辛苦了吧？我这里有醇香的美酒和喷香的羊肉，请您下马来品尝。"

美女的声音就像百灵鸟在唱歌，甜得萨纳勒心头发颤，骨头都有点酥了。他木讷地半天说不出话来，也拿不定主意该不该停下。

美女见萨纳勒低头不语，想进一步引诱他，便将衣袖往上撸了撸，故意露出洁白娇嫩的肌肤："英俊的哥哥，天下无双的勇士，我的心就像清澈的泉水，不相信您就下来看看吧。"

萨纳勒一见女人细嫩的肌肤，顿时心潮涌动。他已经好久没有闻过女人的芳香了，心想，现在又是在荒郊野外，何不下马去与她亲近一会儿呢？萨纳勒想到这里正欲下马，却没想到红沙马突然喷了一个响鼻，气流掀开了美女的长衫，暴露出了她腿上密匝匝的黑毛，萨纳勒见了大吃一惊，立即识破了美女的诡计，忙重新端坐好。

美女见萨纳勒要下马了，心中暗喜道："今天如能得到这么一个大块头的人，我就可以饱餐多日了。"可是当她看到萨纳勒又坐了回去，忙敛起笑容诧异地问道："诺颜哥哥，您怎么又改变了主意啊？"

萨纳勒虽然已经知道美女是魔鬼，但还不想很快就揭穿她，只是冷冷地说："姑娘，谢谢你，我现在还有急事要赶路，不能停下来享受你的热情，等我返回时再品尝你的美味吧。"说着催马要走。

魔鬼并不死心，决心纠缠道："您不吃也无妨，那就下马来喝一杯美酒嘛。喝了美酒能更好地展翅高飞。"

萨纳勒已不再为她的谎言所动，一磕马腹催它快走。

魔鬼立即凶相毕露，恶狠狠地说："哼！不喝我的美酒，不吃我的羊羔，到手的美味岂能从我手心里逃跑！"说罢扔掉手里的食物，张开魔爪就向萨纳勒扑去，一把抓住红沙马的尾巴，咬牙切齿地说："纵然你插上了翅膀，也休想逃脱我的铁嘴钢牙！我要咬断你的喉咙，吸干你的鲜血。"

馮

红沙马一路狂奔，以为可以甩掉魔鬼，但魔鬼死死地揪着它的尾巴不放，而且还伸手要抓萨纳勒。红沙马见情况危急，卷起尘土铺天盖地飞向魔鬼，以为这样可以摆脱魔鬼的纠缠。它一口气跑了七七四十九个昼夜，汗水淋漓如血，骨头也快散了架，结果魔鬼仍然抓住它不放。红沙马实在有些难以坚持，于是道："我的主人，我已经竭尽全力，不能跑得再快了，你还是将魔鬼除掉吧，不然我俩都会有麻烦的。"

　　萨纳勒回头一看，魔鬼的铁嘴钢牙几乎快要咬到红沙马的屁股，他急忙挥剑砍掉魔鬼的头颅，然后继续催红沙马赶路。可是没跑出多远，他觉得身后似乎有人，回头一看，魔鬼正张牙舞爪地向他扑来，他又一剑砍掉了魔鬼的头颅。魔鬼的头颅在地上骨碌碌滚动，龇牙咧嘴地对着萨纳勒诡笑。

　　萨纳勒宝剑尚未入鞘，魔鬼的躯干又冒出来一个新头，他忙挥剑将那个头劈成两半，可是紧接着又长出来了一个。气得萨纳勒七窍生烟，一连斩去魔鬼的十五个头颅，见魔鬼的躯体还在蠢蠢欲动，策马上去一阵乱踏，将魔鬼踏成了一摊烂泥。

　　萨纳勒又飞驰了三个月，当他正在草原独自驰骋时，一个骑着黄骠马的姑娘迎面走来。他心里不禁一惊："怎么又是一个绝世佳人，该不会又是一个魔鬼吧？"

　　姑娘下马来到萨纳勒的左镫旁，轻声问道："尊敬的诺颜哥哥，你的身体可安康？"

　　萨纳勒看她含情脉脉、忧郁动人的眼神，心里暗自警告自己："千万不能开口说话，不然她会咬掉我的舌头。"

　　姑娘温柔地问了萨纳勒三次，萨纳勒始终没有吭声。

姑娘眼泪汪汪地求道："亲爱的诺颜哥哥，求你开口说话吧，我确实是有急事来求你的。"

萨纳勒拔出长剑厉声断喝："魔鬼，收起你骗人的伎俩吧，你是想要厮杀，还是要和平？"

姑娘说道："诺颜哥哥请别误会，我不是魔鬼，我是乌楚肯洲可汗的女儿，我们家如今遭了难，是来求你帮助的。"说着，泪如雨下。

萨纳勒见姑娘哭得实在伤心，看样子真是良家女儿，于是缓和了口气说："有什么委屈你就说出来吧。"

姑娘泪眼婆娑地抽泣道："尊敬的英雄，库都尔·扎尔的暴君扎安泰吉为了侵占我家草场，派军队抓走了我的哥哥，他要我父亲三个月之内拿草场去交换，不然就要杀了他。"

萨纳勒一听不禁怒火中烧，他恨不得立即就去收拾掉这个魔鬼，可是又觉得事有蹊跷，于是问道："姑娘你先别哭了，请你告诉我，你是怎么知道我今天要路过这里呢？"

姑娘听到萨纳勒开口了，立即用衣袖擦去脸上的泪水，答道："我们有一个先知叫昆苛，是他测出今天有一位宝木巴的英雄要路过这里，这位英雄是江格尔派去征服恶魔的。他还说此人是个血气方刚、富有同情心的好汉子，因此父亲就让我来请你。"

萨纳勒沉默不语，他在心里作着艰难的抉择。

姑娘又继续道："尊敬的英雄，您独自一人已经走了好多天了，请到我家去歇一歇，吃上一顿好饭。您的骏马也一定疲劳不堪，它也需要睡一个好觉了。"

萨纳勒见姑娘态度诚恳，终于打消了心中的疑虑，他吩咐道："姑娘，你就在前面带路吧。"

听萨纳勒这样一说，姑娘立即破涕为笑，她跨上黄骠马就跑，想以最快的速度将这个好消息告诉父亲。

乌楚肯洲可汗在离宫殿五贝热远的地方摆下酒筵，并专门宰杀了一只两岁的黄头肥羊，恭候萨纳勒的到来。正当他翘首以盼的时候，萨纳勒与姑娘快马来到了。他忙率众人热情地迎接，拉着萨纳勒入了贵宾席，立即给他献上哈达和美酒。

萨纳勒双手接过酒碗，用右手的无名指蘸了酒，分别敬了天、地、祖宗，然后喝下了三碗下马酒。接着敬酒颂其①将一大盆热气腾腾的煮羊肉端到他面前，上面还放着一个煮熟的羊头。乌楚肯洲可汗拿出小刀，割下羊脸颊的一片肉，第一个递给萨纳勒。

大约用了一个时辰，欢迎仪式即告结束，乌楚肯洲陪着萨纳勒来到自己的宫殿。他又重新为萨纳勒举行盛大宴会，席间他讲述了自己的不幸，并说如果萨纳勒能救出自己的儿子，他愿意永远做江格尔的臣民，并把女儿许配给萨纳勒。

萨纳勒听了万分高兴，满怀信心地应承了下来。

乌楚肯洲兴奋地一击掌，姑娘们立即为萨纳勒献上敬酒歌。因为有好多日子没有吃到丰盛的美餐，面对美酒佳肴他毫不客气地大吃大喝起来，大骨头从嘴里吐出，小骨头从鼻孔里直往外掉。开始他心里还想着此行的使命，想吃饱喝足就出发，可是在

---

① 颂其：意为斟酒者。

乌楚肯洲的盛情款待下，竟不由自主地喝了个酩酊大醉。

萨纳勒一觉就睡了十四天，其间乌楚肯洲来探望过几次，看到他仍在酣睡，也就没有叫醒他。到了第十五天早晨，红沙马迟迟不见主人的动静，忍不住发出了几声惊天动地的嘶鸣。它叫道："我亲爱的主人呀，恶魔未除，壮志未酬，你为什么还要久留在这里，难道你是来享受安逸的吗？"

红沙马的嘶鸣惊醒了梦中的萨纳勒，他心急火燎地跑到红沙马面前，略有些惭愧地说："啊，我的朋友，实在是对不起，哎呀，我差一点就误了大事。"

红沙马板着脸说："喝酒误事，酗酒要命。"

萨纳勒顾不得与乌楚肯洲告别便匆匆上路了。红沙马日行千里，夜行百里，跑了七七四十九天终于来到一座白头山前。萨纳勒登高一望，见一座云遮雾掩、巍峨宏伟的宫殿，几乎与江格尔的黄金宫殿一样辉煌。

宫殿前是汪洋大海，宫殿与海之间架了一座金桥，桥下波涛汹涌，巨浪滔天。他毫不犹豫地冲过金桥来到宫殿前，将红沙马拴到黑花旗杆下，提着钢鞭迈着虎步就朝宫殿走去。

宫门卫士见一个黑黢黢的陌生人走来，上前欲拦阻他，可是一见萨纳勒那凶神恶煞的样子，只瞅了他一眼就赶忙放他进去了。

萨纳勒从门缝看到扎安泰吉坐在八十条腿的宝座上，正与他的一万名勇士畅饮，不少人已有几分醉意。他们豪言壮语满天飞，粗话不绝于耳。

萨纳勒一把抓住一个送酒的仆人，将那人捆绑起来丢到墙角，自己扛着大酒桶进了宫殿。他从容地坐到席间吃喝起来。他边吃边端详周围的勇士，他们个个都显得非常剽悍。

萨纳勒一边随意地吃喝着，一边静听着他们的谈话，七天很快就过去了，他也摸清了这里的大概情况。然后他来到扎安泰吉的银桌前，手插在腰带上大声地说："扎安泰吉你听着，我是江格尔派来的萨纳勒，现在特地来传达他的旨意，他问你是要和平还是要战争？如果要和平，你就送上五十年的贡品，缴纳一千零一年的赋税；如果你要战争，我就砍倒你的黑色大纛，赶走你的八万匹黑马。"

扎安泰吉听了萨纳勒的话，气得手指着他愣了半天，竟说不出话来。

扎安泰吉的右手头名勇士奥敦·察甘霍地站了起来，他拔出腰间佩剑说："你这个不知天高地厚的家伙，竟敢在我们可汗面前口出狂言，当心我刺穿你的胸膛，掏出你的心肝来喂狗。"

扎安泰吉很快地也缓过神来，急忙拦住他道："我的勇士，你不要性急，既然他是江格尔的使臣，那就让我们听一听他还有什么话说吧。"

萨纳勒从容不迫地又将前面的话重复了一遍。

扎安泰吉回头对他的勇士们说："听到了吧，我的勇士们，敌人已经欺负到我们的头上来了，我们还能置若罔闻吗？明天，我也派你去宝木巴传达我的旨意，要江格尔带着他的人马统统前来投降，不然我也要火烧宝木巴，填平宝木巴海。"

奥敦·察甘回到自己的坐席，板起面孔问道："来者听着，有人说江格尔手下有一个叫洪古尔的人，号称雄狮英雄，你说他的力气可有我的大？"

萨纳勒瞅了他一眼，不屑地说："你不过是一只纸糊的老虎，岂能与他相比？他进攻敌人的时候犹如灰狼进入羊群，无人能挡住他的勇猛。千万把刀枪向他砍来，他从来不躲闪回避；亿万支箭向他射来，他也不心慌腿软。而你最多是坟墓中的枯骨，岂能与洪古尔相提并论。"说完他拍着大腿哈哈大笑，爽朗的笑声在大殿里久久地回荡。

这时，另一个大力士吉安·哈拉坐不住了，他愤然而起，厉声地说："不要笑！听说江格尔还有一个叫什么萨布尔的，号称人间枭雄、铁臂大力士，他与我相比如何？"

萨纳勒转向他哈哈笑道："又是一个愚蠢的家伙。萨布尔是世界上真正的勇士，他舍得用一万户奴隶换来一匹神马。他的月牙形巨斧，让人不寒而栗。他打起仗来，如猛虎下山，再凶狠的熊罴也望风而逃，亿万个勇士都不是他的对手。你呀，不过就是只叽叽喳喳的小山雀，岂能与雄鹰相比？"

奥敦·察甘又问道："听说江格尔身边还有一位名叫萨纳勒的勇士，你说我比他如何？"

萨纳勒听了又忍不住大笑起来："伙计，你真是有眼无珠，萨纳勒在这里已经坐了七天，你们居然还没有认出他来。刚才我就向你们可汗报了家门，难道你们的耳朵里塞了羊毛，没听到我的话？你们这些愚蠢的家伙听着，我马上要去砍倒你们的大纛，将它装进我的皮囊，还要到那颜河去赶走你们的八万匹黑马。如果你们有谁不服，想偷偷地从后面追来，那我会将他打下马背，割下他的脑袋当酒壶。"

听了萨纳勒的话，众勇士无比激愤，大呼小叫地拿起武器向他扑过去。

萨纳勒操起钢鞭，迎着扑上来的敌人一顿狂舞，打得他们鬼哭狼嚎，躺倒一片。他见宫殿里难以施展功夫，于是且战且走冲出十四道大门，他来到旗杆下几刀就将其砍断，将黑色大纛收进羊皮囊，跨上红沙马向金桥飞去。他一路上冲破了重重堵截，狂奔到那颜河谷，一声口哨将八万匹黑马集中起来，赶着它们就朝日出的东方奔去。

马群过处，草地立即变成了沙滩。铁蹄铮铮，仿佛亿万只铁手在弹奏琵琶。沙尘弥漫，一片混沌，魔王的空间顷刻一片黑暗。

扎安泰吉跨上山峰一样高大的黄豹马，率领一万名勇士在后面穷追不舍。他们夜以继日地追了七七四十九天，终于追上了萨纳勒。

奥敦·察甘跃马来到扎安泰吉身边，拉着他的左镫说："尊敬的主人，我吃过您赏给的全羊，穿过您赐给的牛皮战袍，现在报答您大恩大德的时候到了，就让我去将那个魔鬼捉来吧。"

扎安泰吉赞许地点点头，他"好"字刚一出口，奥敦·察甘就举着巨斧，骑着黄骠马冲出了队伍。

奥敦·察甘悄悄地跑到萨纳勒背后，举起巨斧朝他的后背就是一斧。萨纳勒顿时觉得眼前金星四射，辨不清楚东南西北。他忍着疼痛与奥敦·察甘打了十几个回合，紧抱着红沙马的脖子狂奔了四天四夜，这才摆脱了敌人的追赶。

到了第五天的早晨，萨纳勒稍微清醒了一些，他望着东方冉冉升起的朝阳，默默地祈祷："我的圣主，我因为麻痹大意而受了伤，您赶快派人来助我一臂之力吧。"他念一次江格尔的名字就觉得身上增添了一股力量，他连续叫了几声，精神也为之一振。回头见奥敦·察甘又追了来，他迅速举起钢鞭奋力打去，打断了奥敦·察甘八根肋骨和七节腰椎，让他落荒而逃。

红沙马也不肯善罢甘休，追上了黄骠马。萨纳勒揪住奥敦·察甘的衣领将他拎过鞍鞒，用铁链捆了他的手脚横驮在黄骠马背上。

萨纳勒刚刚收拾好奥敦·察甘，另一个大力士奥敦·哈尔盖即追了来。萨纳勒见来人气势汹汹，明白自己有伤在身，硬拼难以取胜，便拍了拍红沙马的脖子，对它悄悄耳语几句话，红沙马便放开四蹄狂奔了起来。

奥敦·哈尔盖不知是计，在后面纵马紧追不舍。眼看将要追上，红沙马突然来了个急转弯，奥敦·哈尔盖的马刹不住足而冲到了前面。等他转过头来，红沙马又放慢脚步诱他继续再追，眼看着又将追上，红沙马又突然来了个急转弯，让他再一次冲过了头。红沙马如此的几次挑逗，气得奥敦·哈尔盖发疯般嗥叫起来，这时，萨纳勒迅速一鞭将奥敦·哈尔盖打落马下。

扎安泰吉见两个大力士久久没有返回，叫马夫总管鞴来山一般高大的黄豹马。黄豹马腾起树干一样粗的四肢，很快就追上了萨纳勒。扎安泰吉一把抓住红沙马八十八庹长的尾巴，企图将红沙马拉倒。

众人见扎安泰吉拖住了红沙马，便一齐高呼着口号涌上前去，五千支长枪乱刺犹如森林，五千把大刀仿佛飘舞的雪花。萨

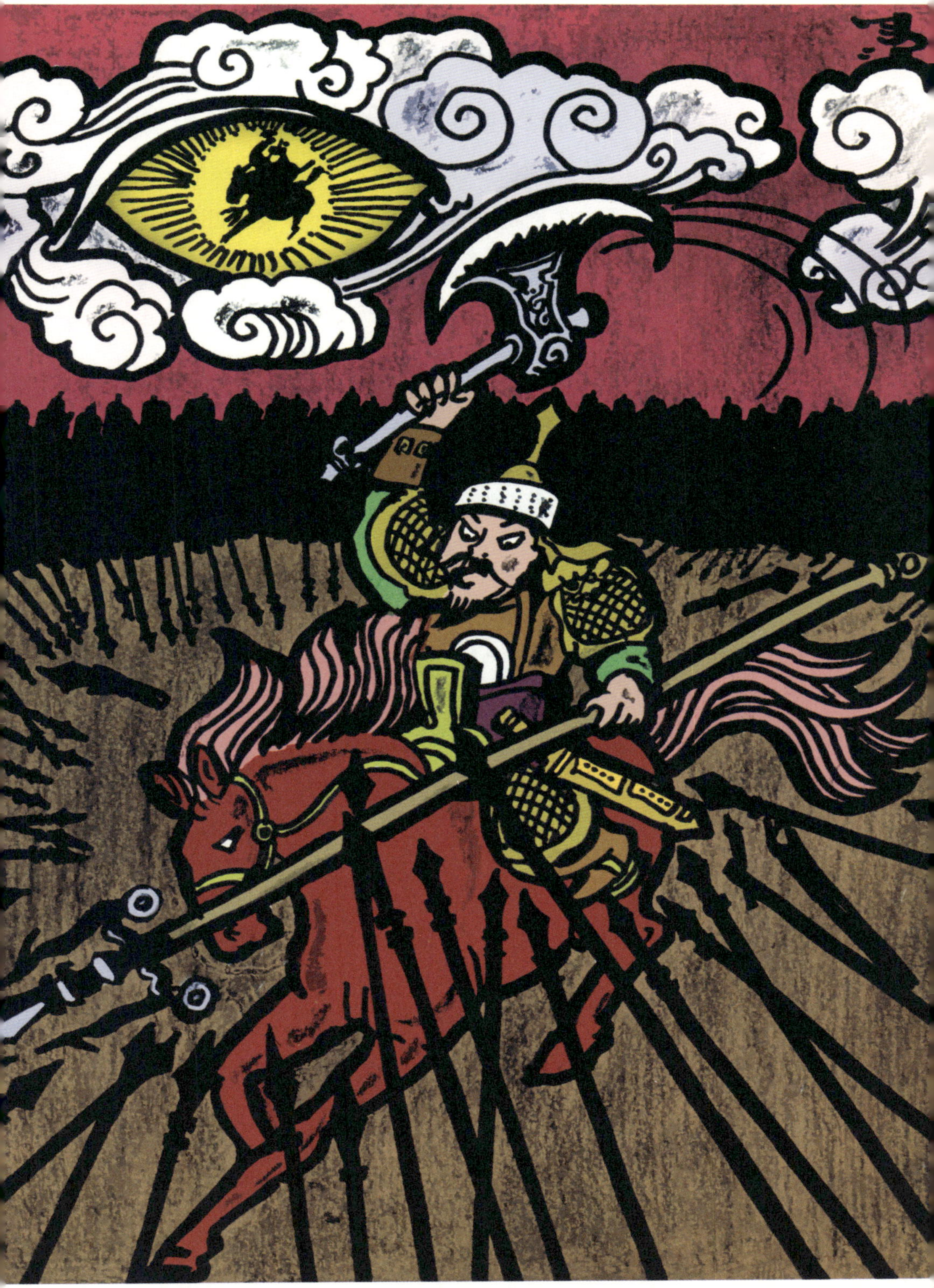

纳勒高呼着江格尔的名字，也为红沙马增添了无穷的力量，它往右尥了一万八千次蹶子，往左又尥一万八千次蹶子，踢断了敌人的刀枪，踢落了敌人的飞箭。它像巨雕展翅，在包围圈中左冲右突，杀得敌人丢盔卸甲，尸横遍野。

扎安泰吉见萨纳勒如此英勇，不禁慨叹道："英雄，真正的英雄！江格尔有这样的大力士真是他的幸运。"他喝令勇士们让出一条小路，有意让萨纳勒突围出去。

萨纳勒冲破重围，觉得喉咙干得似乎要着火。红沙马也是头晕目眩，摇摇欲倒。它强忍着饥渴又跑了一天一夜，来到一块满是褐色碎石的戈壁滩，这时它实在是筋疲力尽，举步维艰了。突然，它意外发现石缝中冒出一片地构叶。这草有毒不能入口，但此时此刻它也顾不上了，一口就将那片叶子吃了。没跑出几步，它就觉得腹如刀绞、天旋地转，忍不住一头栽倒在地，萨纳勒也被摔了出去。

萨纳勒爬起来抱着红沙马的脖子，流着泪说："我亲爱的朋友，你可千万不能倒下，没有你就没有我的天空，没有你就没有我的英名，我知道你又渴又饿没有力气继续再跑。可是在这天上无飞鸟、地上无走兽的戈壁滩，我能拿什么东西给你呢？如果你确实饿得站不起来，我只能割下身上的肉先给你充饥。"

红沙马听到主人的肺腑之言，不禁心里一酸，流出了伤心的泪滴。

萨纳勒继续道："扎安泰吉是凶残的魔鬼，如果他们追上来，一定不会放过你和我的。他们要剥你的皮来做靴子，吃你的肉来填肚子。我也将被千刀万剐拿去喂秃鹫。你可千万不能扔下我，只要你把我送到楚黑河，或者送到只有一条通道的楚黑拉嘎查干山，我们就会有救了。"

红沙马听萨纳勒说完，微微地活动了一下双耳，慢慢地睁开眼睛，挣扎着站了起来，说："我的主人，你快上来吧。"

萨纳勒跨上马背，红沙马便跟跟跄跄朝着东方出发了，到晚霞抹红了西天的时候，他们终于来到楚黑拉嘎查干山。刚一来到这里，红沙马便精疲力竭地颤抖着倒了下去。

萨纳勒怕敌人追来加害于红沙马，焦急地想扶它站立起来，可是几次都没能成功。他只得扛着红沙马来到山上，找了一个山洞将它隐藏起来。

萨纳勒刚将红沙马隐藏好，扎安泰吉的人马就围到了山脚下，他们高喊着活捉萨纳勒的口号往山上冲。萨纳勒眼看自己已无退路，决定冲下山去与敌人拼个你死我活。敌人见萨纳勒没了坐骑，便一齐呼啸着向他扑去。

萨纳勒挥起钢鞭与扎安泰吉的人马鏖战了七天七夜，记不清打退了敌人多少次的进攻。到了第八天早晨，他觉得饥渴难耐，疲乏得双腿无力支撑身体，双臂也无力挥动兵器，便跪在地上呼唤道："阿勒坦·切吉，你这个千里眼，草原上能掐会算的先知，为什么就看不

到我现在的处境，算不出我的危难呢？"

萨纳勒一遍遍地呼唤着江格尔的名字，祷告着佛祖保佑。

黄金宫殿举行着欢乐的酒宴，酒宴已进行了八十天，勇士们还围着江格尔坐了七圈，虽然大多的人有了几分醉意，但是还舍不得离开。忽然一股风刮来，阿勒坦·切吉听出是萨纳勒在求救，他忙对江格尔说："伟大的圣主，萨纳勒已经快要回到边境，敌人还追着他不放。现在他已身负重伤，生命垂危！"

众勇士一听顿时群情激奋，他们扔掉手里的酒碗，齐声高呼快快鞴马，争先恐后地要去救援萨纳勒。

江格尔立即叫包鲁·芒乃去给阿冉扎勒鞴好雕鞍，他决定亲自前去救援。

队伍很快集合整齐，包鲁·芒乃高举着黄花旗走在队伍前面，江格尔骑着阿冉扎勒威风凛凛地走在黄花旗下。路上，铁臂大力士萨布尔来到江格尔身边，拉着他的左镫道："伟大的可汗，为了快一点赶到楚黑拉嘎查干山坡，我提议咱们来赛马吧。"

江格尔心想这样可以加快行军的速度，于是爽快地说："很好！"

江格尔话音刚落，萨布尔的栗色马就犹如箭一般飞了出去，一刹那就跑出去五贝热远。其他勇士纷纷纵马追赶，草原上顿时烟尘滚滚，遮天蔽日。

萨纳勒翘首看到东面尘土飞扬，认出跑在最前面的是萨布尔，他如猛虎般冲向敌群。于是萨纳勒咬紧牙关站了起来，提着钢鞭又上去与五千个恶魔展开了恶斗，砍下的头颅在地上乱滚，杀死的马匹堆聚如山，丢弃的刀枪密密麻麻。

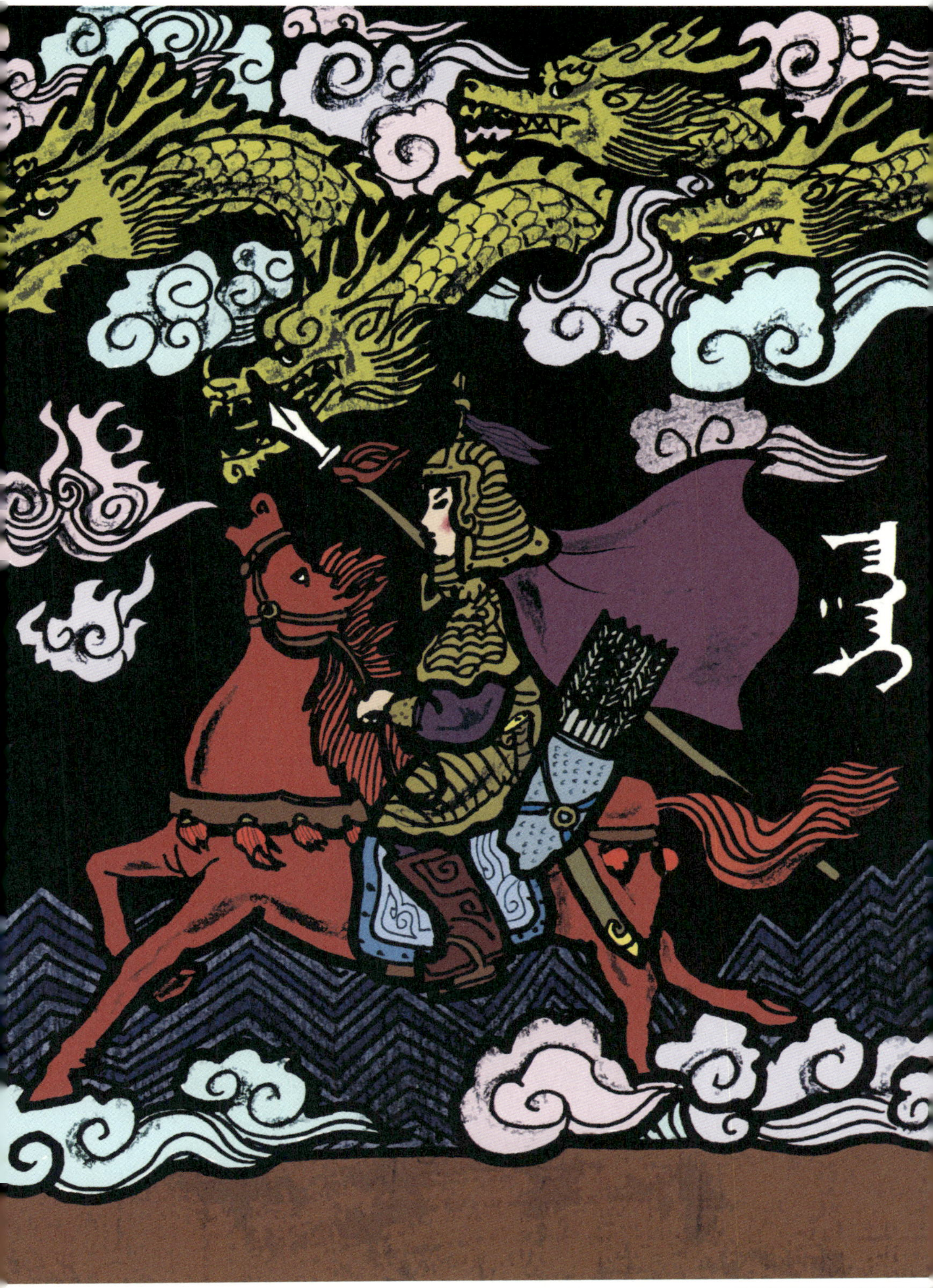

萨布尔与萨纳勒沙场重逢，悲喜交集，他们跳下马背，紧紧地相拥在一起，握着的手也久久不愿松开。

接着，大巴特尔、伯东、勇士们纷纷赶到，他们一齐冲向魔鬼阵中。恶战了四十九个日夜，他们终于把敌人击溃。除死伤的之外，剩下的全部当了俘虏，江格尔下令将他们全部捆绑起来。

扎安泰吉见大势已去，长叹了一声说："天亡我也！"骑着黄豹马想溜。江格尔发现他的踪迹，跨上阿冉扎勒追去，一枪将他从马背上打下，并让人绑了他。

扎安泰吉蜷缩在地，狼狈得就像待宰的羔羊。

萨布尔骑马奔来，抽刀就要斩了他。江格尔忙制止道："萨布尔，请手下留情。如果想得到天下，就要学会宽容。如果想成为英雄，就须多交一个朋友。"

萨布尔听了频频点头，他拿出宝木巴的火印，在扎安泰吉右脸上烙上印记，意味着他从此成为宝木巴的臣民。

扎安泰吉见江格尔赦他不死，忙叩头谢道："伟大的江格尔汗，谢谢您的不杀之恩，您就像天空一样宽宏大量，像大海一样包罗万象，我愿意向您缴纳一千零一年的赋税，永远做您的忠实属民。"

萨纳勒赶来见江格尔，简单地向他禀报了出使的情况。江格尔见他的伤口还在渗血，忙拿出神药给他抹上。

萨纳勒见到扎安泰吉，质问道："扎安泰吉，你把乌楚肯洲可汗的儿子怎么样了？"

扎安泰吉说："英雄，他被关在我的地牢里，我现在就派人去放了他。"扎安泰吉立即派人去释放乌楚肯洲可汗的儿子，并要天天供给他美味佳肴，让他尽快养好身体送他回家去。

萨纳勒觉得有些不放心，他向江格尔提出要跟扎安泰吉一起去。

江格尔答应了萨纳勒的请求，叮嘱他快去快回，随即率领着队伍高唱胜利的凯歌返回了宝木巴。

萨纳勒去楚黑拉嘎查干山找回红沙马，然后来到扎安泰吉的宫殿，天天享受着贵宾的待遇。乌楚肯洲可汗的儿子的创伤已基本愈合。住了几天之后，萨纳勒就陪乌楚肯洲的儿子告别了扎安泰吉。

乌楚肯洲可汗没有食言，他为女儿乌云其其格和萨纳勒举行了隆重的婚礼。一个月之后，他自己带着人马到宝木巴投奔了江格尔。

江格尔举行盛大宴会庆祝乌楚肯洲可汗的到来。他坐在四十四条腿的宝座上，像十五的月亮大放光明。

第六回

萨布尔勇建奇功

　　山里的春天总是要来得晚一些。初夏，草原才开始慢慢地泛出绿色，此时，牧民们又为牲畜转场而忙碌起来。牛马等大牲畜不怕冷，在大雪初霁时就转去了北山坡的牧场。羊群则要等小羊羔可以到处乱跑，牧民为大羊剪去毛后，才能转到夏牧场，也就是通常说的"夏窝子"。

　　除了季节性的转场之外，如果一个草场的牧草吃光了，就得歇牧一段时间给牧草一个再生的机会，牧民也就必须转到另外的草场去。因此，牧民们一年四季不得不随畜逐水草而居。

　　在一个忙碌的上午，江格尔正与大巴特尔们讨论牲畜转场的事情，一个骑着乌龙驹的不速之客来到宝木巴。宫殿总管、断讼官凯·吉勒甘带他进了黄金宫殿。来人自称是克拉干的勇将勃迪·乌兰，是来向江格尔汗下战书的。

　　勃迪·乌兰来到江格尔的宝座前，趾高气扬地说："江格尔，你仔细听着，我专程来传达克拉干可汗的谕旨。他说你狂妄自大，目中无人，四大部可汗都要将他们的女儿嫁给你，你却一个都没看上，而是娶了诺敏·特古斯的女儿阿拜·格日勒，这让四大部可汗无地自容。现在他向你提出三个要求：第一是要你将阿拜献出，给他的夫人做奴婢，烧茶煮饭、干最下贱的苦活；第二是要你将阿冉扎勒神驹献给他做坐骑；第三是要你将宝木巴部落的美男子明颜献给他，做敬酒颂其。如果你不答应这三个条件，他将出动七十万大军来踏平宝木巴，把你们这些人全部活捉。你如果还有话要说，那就快快地说出来吧。"

勃迪·乌兰话音刚落，雄狮洪古尔霍地拍案而起，厉声训斥道："你是个什么东西，竟敢跑到这里来撒野？江格尔的宝木巴有辽阔的土地，有众多勤劳勇敢的人民，我们岂能屈膝投降，贻笑大方？你快滚回去告诉你的主子，我洪古尔的答复是——磨快你们的刀剑，到清凉的河边、辽阔的草原，我与你们拼个高低。为了宝木巴，就是抛头颅，洒热血，我也在所不辞。"

勃迪·乌兰扭头看了洪古尔一眼，一看这个顶天立地的大汉心里就有些发怵，但还是强装镇定狠狠地对洪古尔说："好！可你千万记住了，男人说话是一定要兑现的。"

洪古尔冷笑道："快回去告诉你的主子，他的要求只有拿脑袋来兑换！"

众勇士也一齐吼道："快滚出去！我们宝木巴人说话是算数的。"

勃迪·乌兰扫视了一眼众人，狠狠地退出宫殿。

待勃迪·乌兰走后，江格尔神情凝重地说："平日大家坐在我的身边，有肉同吃，有酒同喝，共同享受，好不快活。可是，今天敌人跑来向我公开挑衅，提出侮辱我的苛刻条件，你们竟然缄口不语，如果不是雄狮洪古尔义正词严地驳斥他，也许他还会说出更难听的话来呢！"

众人听了江格尔的责备，一时间都沉默不语，只有萨布尔心里觉得有些不服。他心想："自从我来宝木巴以后，出生入死东征西讨，立下不少汗马功劳，可每到关键时刻就只有洪古尔。难道只有洪古尔才是宝木巴的栋梁？刚才我们明明也怒斥了勃迪·乌兰，他为什么还要责备我们？"萨布尔越想越觉得委屈，他忍不住握着双拳站了起来，瞪圆双眼忿忿地说："草原上有谁不知，有谁不晓，江格尔麾下是十二个大巴特尔，不仅只有洪古尔一人。我承认洪古尔是雄狮英雄，但是我也不比他差，你为什么总是把他捧到天上？好吧，你既然看不起我，那我就离开好了。我现在就去投奔夏拉·郭勒三王，待某一天与你相遇时，看你如何在我的利斧下发抖。到那个时候，你才会后悔埋没了我。"他端起六十个人才能抬动的巨碗，连饮了七十一碗美酒。

萨布尔见江格尔沉默不语，其他人也面无表情，顿觉十分尴尬。可是一言既出，覆水难收。他涨红着脸环视了一眼众人，很希望此时有人站出来帮他说一句话，给他一个台阶下来。可是大殿里一片寂静，没有一个人吭声，他只得提高嗓门："好！俗话说'此处不留爷，自有留爷处'，不久后你就会明白，没有我萨布尔你将会如何。"说罢气冲冲地离开筵席，推开拦挡他的卫士，骑上栗色马扬长而去。

萨布尔三步一回头看着黄金宫殿，他希望有人追来求他回去，可是走了一程也不见人影，他这才赌气信马由缰地往前走。跑了不知道多少天，他终于来到一座红山前。那山仿佛被烈火焚烧过，山上的岩石在阳光下闪烁着五彩斑斓的光辉。山脚下，黄河旁，就是夏拉·郭勒三汗的宫殿。所谓的"三汗"是指白帐王（蒙古族）、黑帐王（藏族）、黄帐王（裕固族）。

萨布尔在汗王的宫殿外徘徊，心里五味杂陈，想自己这样一个人人赞扬的人间枭雄，竟然落到如今这样一个地步。他担心别人会误以为他是被江格尔撵出来的，或者会怀疑他是奸细。他转悠了许久，望着宫殿却怎么也迈不开脚步。眼看太阳偏西，肚子也在咕咕叫，他才真有些后悔了。他在心里嘀咕道："几十天吃不上热饭，喝不上好酒。唉，当时就不应该赌气，也就不至于受这份罪。其实谁英雄、谁好汉，战场上可以比比看。一个人的名誉如果不为他人承认，争那个名誉又有什么用？"

正当萨布尔一筹莫展之际，见一人从宫殿里出来并且匆匆地奔他而来。待那人走近，他不顾一切上前拦住，急忙报了自己的姓名。那人是跑出来解决内急的，哪里顾得上听萨布尔说话，他一把推开萨布尔抱着肚子就往僻静处跑去。

萨布尔等那人"方便"转来，又拦住他说出来自己的请求。那人听萨布尔说完来意就拉着他进了宫殿，对夏拉·郭勒汗王报告了萨布尔的来意。

夏拉·郭勒汗王听完萨布尔的自我介绍，并没有表现出特别的喜悦，只是平淡地吩咐颂其："去，在勇士们的后面给他安排一个座位。"

颂其带着萨布尔坐到最末一位勇士的旁边，夏拉·郭勒三汗王宣布筵席继续进行。

宴会进行了四十九天，既没有人来向萨布尔敬酒，也没有人来请他吃肉，似乎他根本就不存在。一直到宴席即将结束，汗王的哥哥才过来轻蔑地问道："萨布尔，你在江格尔那里不是很好吗，为什么要到我们这里来啊？"那口气透出极度的疑惑。

萨布尔虽然在路上就做好了应答的准备，但当人家提出这个问题时，他又觉得难于启齿了。他憋了半天才结结巴巴地说出离开江格尔的理由："我……我……在那里受了屈辱，所以……所以我到你们这里……想大有作为。"

夏拉·郭勒汗不以为然："算了吧，没有你我们早晚也能征服江格尔。"

夏拉·郭勒汗的冷淡和轻蔑，让萨布尔大失所望，原来在路上设想的热烈情景完全成了泡影，想重新建功立业只不过是自己的想入非非。

萨布尔独自住在毡房里，口渴了想喝热茶，叫了半天无人搭理，肚子饿了也找不到可吃的东西。夜阑人静，陪伴着他的只有一声声犬吠。他辗转反侧，难以成眠。孤独、寂寞、失落袭扰着他，他体会到了寄人篱下的难堪。宝木巴的往事一件件地在他脑海里浮现，这时他才觉得江格尔和勇士们对他的好处。他再次后悔不该意气用事，以至于铸成如此大错。当他正苦恼时，隐约听到毡房外有细微的响声，还有栗色马粗重的鼻息。

萨布尔急忙爬起来，顾不上穿好他的黑色羊羔皮长袍就来到马厩。栗色马一见到主人，就急切地说："我的主人，你终于来啦，我都快要急死了。在我们出走之后，恶魔克拉干就出动了七万大军进攻宝木巴，他们包围了黄金宫殿，活捉了江格尔。刚才，我听到他在第三次呼唤你，他说：'铁臂大力士萨布尔，你是我的无敌英雄，你是天空翱翔的雄鹰，你为什么为一点小事就要出走，难道你是小孩子吗？现在，在我危难之际，在最需要你的时候，你却不在我身边，如果你不离开我，我岂能够被敌人捆绑？萨布尔，你还是赶快回来吧，宝木巴才是你的家。'"

这些饱含深情的话让萨布尔深感愧疚，如果自己不赌气离开宝木巴，江格尔怎么会遭受如此的屈辱？于是，他匆匆地回到毡房，在一块羊皮上给夏拉·郭勒汗王写了离开的原因，然后骑上栗色马直奔宝木巴而去。

栗色马像受惊的野兔在草尖上狂奔，扬起的砂石如炮弹射向天空，马蹄落处，不是一个坑就是一眼井。萨布尔用了七天就跑完了四十九天的路程，很快就回到了宝木巴。映入他眼帘的是一片洗劫后的凋零。

萨布尔不禁义愤填膺，调转马头就向人声鼎沸，烟尘滚滚的地方追去。看到敌人正在追杀无辜的牧民。萨布尔怒不可遏，挥动着十二刃巨斧对着敌人一顿乱砍。杀得敌人丢盔卸甲，抱头鼠窜。萨布尔越战越勇，单枪匹马与敌人厮杀了七天。

在战斗的间隙，栗色马喘息着对萨布尔说："我的主人，我们已经冲杀了七天，我饥渴得晕头转向了。"

萨布尔奋不顾身冲出包围圈，去远处一户牧民家随便吃了一些东西，然后倒在草料堆上打了一个盹儿。待栗色马吃饱了草料，他跳上马背又来到战场。敌人像一群蚂蚁将他团团围住，他拼杀了十四天，杀得敌人尸横遍野，血流成河。一群群的乌鸦、秃鹫、苍鹰在空中盘旋，不时地俯冲下来叼走一块血肉，然后飞到山巅或大树上去饱餐一顿。

萨布尔见有一人在高处挥舞着宝剑，指挥着军队的进退，他猜此人很有可能就是克拉干，于是轻提马缰，以迅雷不及掩耳之势冲了去，举起十二刃巨斧朝他背后砍去，砍断了他的八根肋骨和七节腰椎，铠甲上的铁条陷进肉里三指深。克拉干翻身落马，震断了萨布尔碗口粗的斧柄，撕裂了他右手的虎口。

萨布尔跳下马来，用手背在他鼻子上试了试他的鼻息，知道他还活着，于是用牛皮条捆牢他。这时，萨布尔突然想起，现在还不知道江格尔的下落，他看看蜷缩在地的克拉干，叫道："起来，快说江格尔在哪里？"可是喊了几声他也没有一点反应，气得萨布尔在他屁股上猛踢了一脚。

见克拉干躺在地上不动，萨布尔从马背上摘下骆驼皮做的酒壶，喝了一口酒含在嘴里，憋足劲向克拉干的脸上喷去。克拉干闻到了酒的香味，一激灵睁开了双眼。萨布尔一把揪着他衣领问道；"快说！江格尔在哪里？"

任凭萨布尔如何逼问，克拉干就是一言不发。直到他的脖子被萨布尔掐得青筋暴凸，脸色如牛肝般青紫，他这才抬手指了指远处的阿尔斯楞山，随即就昏死了过去。萨布尔将他抱到栗色马背上，驮着他去寻找江格尔。

这时，阿勒坦·切吉、明颜、古赞·贡贝等三个大巴特尔追了来，见萨布尔活捉了克拉干，齐声对他赞扬了一番。听萨布尔说江格尔在阿尔斯楞山，他们迫不及待地就往那里奔去。

四人来到阿尔斯楞山下，阿勒坦·切吉说，为了尽快找到江格尔，要大家分头行动，于是他们分别绕着山梁转起来，嘴里默默地念诵着六字真言，不停地呼唤着江格尔汗的名字，希望他平

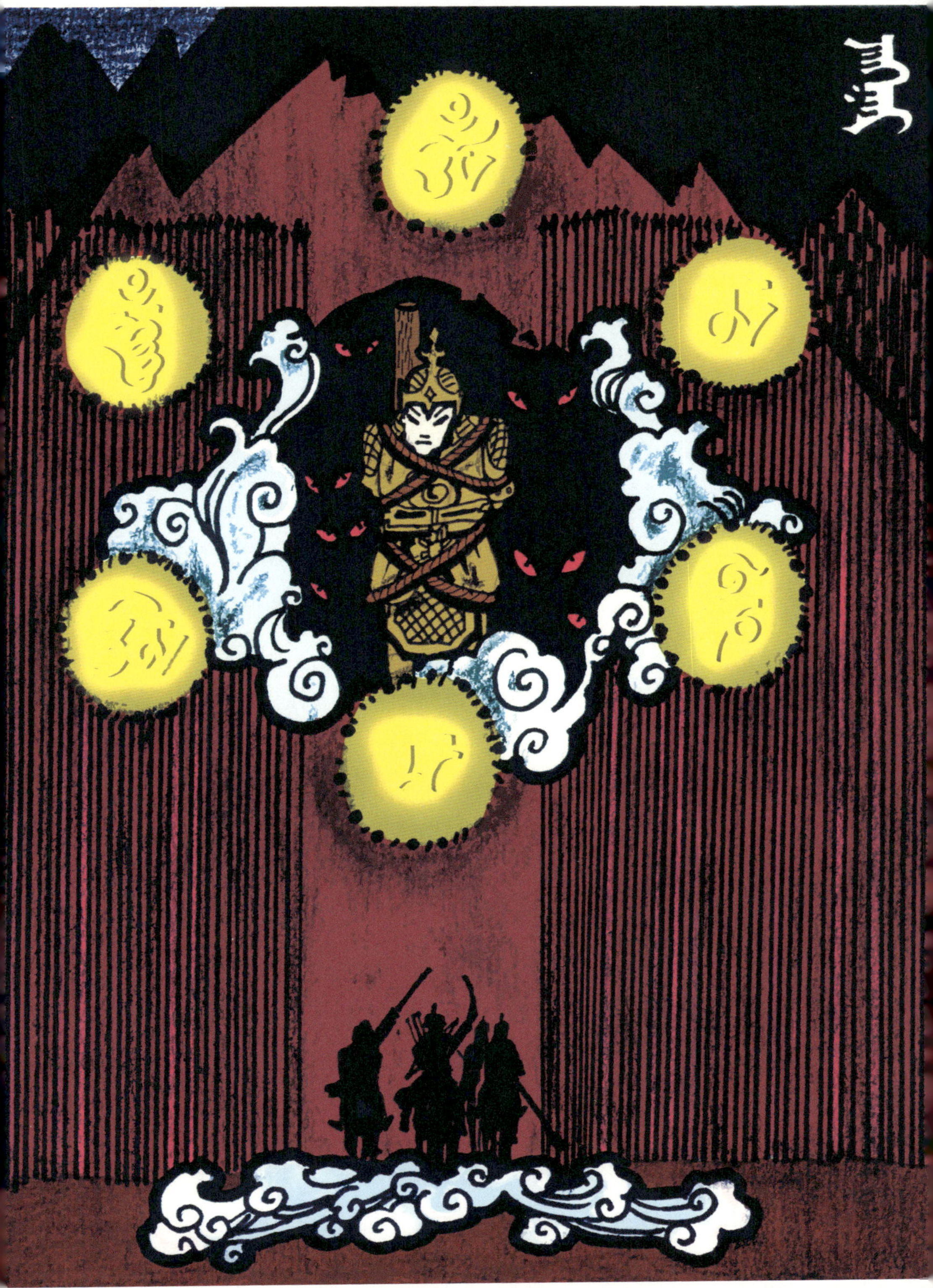

安。他们在山上山下找了大约两袋烟的工夫，始终没有见到江格尔的身影。眼看天色渐暗，萨布尔又来到克拉干身边，在他屁股上狠狠地踢了几脚。

克拉干在昏迷中被踢醒，他说出了囚禁江格尔的具体位置，那是悬崖峭壁之上的一个山洞。

按照克拉干所指的方向，萨布尔等人终于看到了那个山洞。山洞面临万丈深渊，其上是连雄鹰都难以飞越的万仞高峰。山洞的位置十分危险，他们都争着要爬上去救江格尔。

明颜没有多说话，趁他人没注意第一个就要往上爬。萨布尔一把拉住他，神情凝重地说："明颜，你就不要争了，就给大哥一个赎罪的机会吧！"说完一纵身攀上断崖，伸展猿臂抓住树根、藤条，动作麻利地爬了上去，很快就爬到了山腰。他斩去洞口的荆棘、杂草，钻进黑黢黢的洞里，呼喊着江格尔的名字摸索着往里走。

江格尔听出是萨布尔的声音，觉得非常惊讶，甚至以为是自己听错了，因为他想不到萨布尔会来救他。当他再次听到萨布尔呼唤时，这才高兴地叫道："萨布尔，我的勇士，我在这里呢，你快来帮我吧。"

萨布尔听到江格尔的叫声，匆匆循声摸到他的身边。只见江格尔被五花大绑在巨石上，他心里不禁一酸，忍不住泪珠滚滚而下。他"扑通"跪在江格尔面前，沉痛地："伟大的圣主，这都怪我不好，让您受了这么大的委屈。您惩罚我吧，我死也没有怨言。"

江格尔非常感动，他激动地说："萨布尔，我亲爱的好兄弟，你回来就好，回来就好。快给我松绑吧。"

萨布尔立即抽刀挑断捆绑江格尔的牛皮绳，将他扶坐起来。

江格尔活动活动已经麻木的手脚，有些好奇地问："萨布尔，你怎么回来啦？"

"是栗色马报告了克拉干入侵的消息。"

"栗色马真是好样的，它简直跟你一样神奇。克拉干现在在哪里？"

"我打退了他的军队，也将他俘虏了。"

江格尔高兴地说："太好了，我就知道你是个了不起的大巴特尔。"

萨布尔羞愧地说："都是我不好，如果不是我赌气，您就……"

江格尔不让萨布尔说下去，拉着他的手出了山洞，俩人攀着崖石和树根下到山脚下。

十一个大巴特尔、三十三个伯东、六千零十二个勇士一齐高呼着江格尔的名字向他涌来，欢呼声久久地回荡在山谷。

萨布尔提着克拉干往江格尔面前一扔，摘下他头上的金盔，在他身上抽了几马鞭，厉声问道："克拉干，看看你面前的人是谁！"

克拉干抬头见是江格尔，颤抖得全身如筛糠一般，跪在江格尔脚下发誓："我保证五百年向您纳税，一千零一年向您进贡，世世代代永不变卦。"

江格尔见克拉干答应归顺，便不再计较个人恩怨，让萨布尔为克拉干松了绑，告诫他道："克拉干，你带着自己的军队回去吧，管好自己的领地，以后不得再贪婪、有野心。如果你食言，我会派萨布尔再去找你的。"

克拉干忙不迭地说："不敢不敢，如果我要跨出领地一步，愿意接受萨布尔的惩罚。"说完向江格尔磕头谢罪，并诺诺连声地保证一定遵守自己的承诺。

萨纳勒在克拉干的右脸上烙上宝木巴的火印。

这时，天空突然普降甘霖，滋润了旱得冒烟的土地。枯死的小草、林木瞬间变得郁郁葱葱、生机勃勃。牲畜又开始在草原上撒欢，牧民们的脸上绽开了久违的笑容。

江格尔率众回到宝木巴，在黄金宫殿里设下盛筵，亲自为萨布尔敬酒表彰他的赫赫战功，并要求勇士们以此为鉴，不要计较个人得失，永远团结一致，让友谊长存。

江格尔劫后余生，降服克拉干，老天爷普降甘霖，拯救了万物生灵。他以为这都是佛祖的庇荫，于是大兴土木，在黄金宫殿的东南西北方向修建了四座大寺庙，并选了德高望重的大法师做住持，要他们广播佛法，为民祈福。

第七回

洪古尔勇擒阿里亚·孟胡赖

不久前，洪古尔历尽千辛万苦、千难万险，迎娶了察甘·祖勒可汗的女儿，使得察甘·祖勒可汗部落归顺了江格尔。洪古尔接受了江格尔和各位勇士及部民的祝福后，与新娘缠绵了八八六十四天，便披上铠甲，到边境打跑了盗马贼，立下了战功。江格尔为祝贺他的凯旋，在黄金宫殿里举行盛筵。大巴特尔、伯东、勇士围坐了七圈，人人面前堆满了骆驼、熊、牛、羊、鹿肉，吃的喝的应有尽有。歌手的歌声直冲云霄，美女的舞蹈让男人眼花缭乱。

有一天，江格尔在宫殿内突然听到一个操异国语言的人在殿外喧哗。江格尔侧耳听了一阵，也听不懂那人在说些什么，就问身边的断讼官兼翻译官凯·吉勒干说："这个在门外大喊大叫的魔鬼是谁？"

凯·吉勒干听了听，说："他说他是从很远很远的地方来的，名叫阿里亚·孟胡赖，是来宝木巴向您传达他们可汗的谕旨的。"

江格尔问在座的勇士："你们有谁知道他？"

金胸智者阿勒坦·切吉说："我知道，他是达古达里的孙子、达古泰的儿子——郭木巴·察甘诺颜最器重的勇士。他曾经单骑驰骋天下，把一百个国家的将士杀得魂飞魄散，六个国家的摔跤名将也不是他的对手。这个魔鬼是比较难以对付的，我们应当小心一点。"

凯·吉勒急忙出去将来人带了进来。

见了江格尔，来人傲慢地高声道："江格尔你听着，我来自遥远的西边，快马要两年才能走到的国家。我是郭木巴·察甘诺颜的头名勇士阿里亚·孟胡赖，现在是奉他之命来到宝木巴，要赶走你马群中所有的骏马。如果你有种，就来夺回；如果你是胆小鬼，那就躺在你老婆的怀里睡觉吧！"

江格尔一听，顿时火冒三丈，他怒不可遏地一拍银案："你是哪里来的鸟人，竟敢在我面前撒野，你有什么本事就拿出来吧。"

阿里亚·孟胡赖也不示弱，说："这可是你说的！咱们走着瞧。"说罢转过身头也不回地出了宫殿。

阿里亚·孟胡赖走后，江格尔高声对众人说道："诸位勇士，如果他真的赶走我们的马群，那可真是丢尽了我们宝木巴人的脸，是永远也洗不尽的奇耻大辱呀。我生命般的勇士们，你们说，我们该怎么办？"

洪古尔义愤填膺，立即拍案而起，朗朗地说："伟大的圣主，敌人胆敢跑到门上来挑衅，我们还坐等什么？"

萨纳勒黑着脸说:"我要不去掐死他,我就不是萨纳勒。"

古赞·贡贝也瓮声瓮气地说:"伟大的圣主,你说怎么办我们就怎么办。"

江格尔摆摆手,众人立即停止了喧哗。他见群情激奋,命令全体勇士随他一起出征,勇士们纷纷涌出宫殿,整装出发。

一望无垠的草原上,江格尔的队伍浩浩荡荡,扬起的尘土遮天蔽日。为了鼓励众人加快速度,他宣布了一个决定:"我决定来一次长途赛马,第一个捉到孟胡赖者,我给他记大功一次,奖给他一百户奴隶。征服郭木巴·察甘者,我奖励他一千户奴隶。"

萨布尔闻声,骑着栗色马第一个冲了出去,他边跑边对江格尔说:"我尊敬的可汗,让我去将阿里亚·孟胡赖的头拿来。"说话间,栗色马已飞出五贝热远。

萨纳勒见萨布尔冲到前面去了,他也不甘落后,打着红沙马紧追其后。众勇士也都争先恐后地快马加鞭,一场激烈的赛马随即展开。

萨布尔的栗色马四蹄腾空,犹如离弦之箭向前飞去。他翻过一道山梁,看到阿里亚·孟胡赖正甩动着骆驼毛拧成的套马索,挥舞着用五条毒蛇的毒液浸过的皮鞭,赶着一万八千匹马在狂奔。马群跑过戈壁,渡过流沙,翻山越岭,来到一条大河边。

阿里亚·孟胡赖回头见后面扬起团团沙尘,知道是有人追来了。他急忙打马渡河,可是因为马匹太多,互相拥挤着过得很慢,急得他像热锅上的蚂蚁团团乱转。眼看着追赶的人越来越近,他索性停了下来,等着看看来者是谁。

萨布尔瞬间来到了河边，冲着阿里亚·孟胡赖高声叫道："盗马者休走，你萨布尔爷爷来了，快快下马投降吧。"

虽然早已经听人说过萨布尔的厉害，但阿里亚·孟胡赖仍然不以为然，傲慢地道："人人都说你是人中枭雄、铁臂大力士，今天我就要看看你究竟多大本事。"

萨布尔见阿里亚·孟胡赖根本就没把自己放在眼里，不由气得血往上涌，二话不说挥动着月牙巨斧就直取阿里亚·孟胡赖。

阿里亚·孟胡赖也非等闲之辈，他眼疾手快地举起巨斧一挡，同时往旁边一闪，萨布尔的栗色马因收不住脚步而冲过了头。没等栗色马掉转头来，阿里亚·孟胡赖从背后射出一箭，那速度之快，犹如一道闪电；那力量之大，可以穿透岩石。那箭中了萨布尔的肩胛，并直透他的前胸。

萨布尔喷出一口鲜血，差一点栽下马背，策马奔向宝鲁山。

阿里亚·孟胡赖用了三天时间，终于将马群赶过了河，这时，大肚汉古赞·贡贝从后面追来，他老远就吼道："盗马贼，你给我站住！快快下马来投降，不然，别怪我古赞·贡贝对你不客气。"

阿里亚·孟胡赖闻声回头一看，不禁吃了一惊，来的哪里是人啊，分明是移动的一座山头嘛，他问道："你是何人，敢这样口出狂言？"

古赞·贡贝道："我是江格尔的大力士古赞·贡贝，是他麾下十二个猛虎大将之一。你还是废话少说，快快下马来投降吧！"

阿里亚·孟胡赖鄙夷地说："呸！看你

那个蠢样子，只能够吓死胆小鬼！"

　　古赞·贡贝气得毛发像钢针一般立起来。他怒目圆睁，牙齿咬得嘎嘎响，运足力气，举起钢叉刺向阿里亚·孟胡赖，只听"当啷"一声，钢叉插进巨石里。古赞·贡贝急忙去拔出钢叉，钢叉"咔"的一声断在了石头里。

　　阿里亚·孟胡赖趁势提了一下赤兔马的缰绳，手起斧落，砍断了古赞·贡贝的五节腰椎和八根肋骨。古赞·贡贝紧抱着马脖子，用嘴咬着它的长鬃毛，落荒而逃。

　　阿里亚·孟胡赖打跑了江格尔麾下有名的两个大巴特尔，得意地唱起了只有他自己才懂的歌谣，不觉来到一个有水有草的山坳。这时他觉得身体困乏，肚子也在"咕咕"直叫，这才想起已经有好几天没吃肉了，于是他杀了一匹跛脚马，拣来柴火烤来吃了。填饱了肚子，便展开四肢躺在绿茸茸的草地上，凝望着天上的云彩，睡着了。

　　又追了三天，江格尔率领大队人马见阿里亚·孟胡赖赶着马群慢悠悠地走着，不禁心中大怒，提了一下阿冉扎勒的银缰，神驹当即风驰电掣向阿里亚·孟胡赖冲去。

　　洪古尔快马奔到江格尔面前，一把抓住阿冉扎勒的笼头，对江格尔道："伟大的江格尔汗，在东方，您是人民的梦想；在西方，您是人民的希望。您不能轻视自己的生命，随便就亲自出马，一旦发生意外，宝木巴人民就失去了依靠。请您准许我去将盗马贼擒来，将我们的马匹全部夺回。"

　　洪古尔不等江格尔回答，就舞着钢鞭驱马冲了去，瞬间赶到阿里亚·孟胡赖身后，一鞭击中阿里亚·孟胡赖的头，将他的银盔打得飞出去十几庹远。

阿里亚·孟胡赖一手捂着头，一手拉着缰，仰躺在马背上转圈，洪古尔拔出匕首，对准他就是一顿猛刺。阿里亚·孟胡赖凭借着赤兔马的机灵和敏捷，多次躲过匕首。匕首将他的牛皮裤划得褴褛不堪，有几次差一点伤着他的要害。

阿里亚·孟胡赖几次躲过洪古尔的锋芒之后，急忙直起身子迎战。两人在马背上刀对刀、剑对剑地打了几百个回合，直打得两匹马浑身发抖，汗如雨下，口吐白沫，瘫倒在地。

战马倒下地，两人被迫跳下马鞍开始徒步搏斗，又打了几十个回合，直打得鲜血淋淋，血肉模糊，两人还不肯善罢甘休。

江格尔见状，咬牙切齿地大声喊道："洪古尔，你是雄狮般的勇士，有咬碎钢铁的牙齿；你是腾空的海青马，世界上没有骏马能追上你。今天你是怎么啦，你的雄风都到哪里去啦？"

洪古尔听了江格尔的话，不禁心头一震，挣脱了阿里亚·孟胡赖的魔爪，又翻身跳上白鼻梁铁青马，伏在它耳边说："你是天下少有的神驹，从没有打过败仗。如果你今天要败在魔鬼手里，我就要剥了你的皮，吃了你的肉！"

白鼻梁铁青马受到刺激，重新振作起精神，它抖动了一下筋骨，甩了甩鬃毛，对着天空一声长嘶，一跃来到江格尔面前。洪古尔接过江格尔的阿拉牟长枪转身又向阿里亚·孟胡赖冲去，趁阿里亚·孟胡赖不备，一枪刺中他的胸脯，将他连人带马挑上空中，抛给了身后的勇士。众人七手八脚将他捆绑起来，驮在他的赤兔马背上来请江格尔发落。

江格尔问阿里亚·孟胡赖："快说，我的萨布尔与古赞·贡贝哪里去了？"

阿里亚·孟胡赖痛苦地呻吟着，等了半天才叽里咕噜说了他俩的去处。

凯·吉勒干翻译说："他说萨布尔和古赞·贡贝两人在昆都楞查干山。"

洪古尔听说萨布尔与古赞·贡贝在昆都楞查干山，给自己的伤口抹上"浩音"神药，顾不上伤痛就奔那里去了。

昆都楞查干山高耸入云，山顶上积着皑皑白雪，雄鹰在云层中展翅翱翔，山腰上长满了郁郁葱葱的青松与白桦。

洪古尔在密林中仔细搜索，在一个巨石后面发现一个山洞，洞口荆棘丛生，蒿草葳蕤。他斩去洞口的乱草摸进洞里，看到萨布尔和古赞·贡贝俩人躺在地上，已经奄奄一息了。他忙从羊皮口袋里掏出神药，用神药敷在他们的外伤上，又让他们服下神丹，差不多一袋烟的工夫，两人的伤口就完全愈合了。他们一起出了山洞，去山前圣水湖洗去身上的血污和疲劳，立即变得精神抖擞，容光焕发。

江格尔下令队伍打扫完战场，然后赶着骏马，押着阿里亚·孟胡赖回宝木巴。

回到宝木巴，江格尔在黄金宫殿设宴犒劳众勇士。论功行赏后，他命令凯·吉勒干为阿里亚·孟胡赖松了绑，让他坐到阿勒坦·切吉的下席，然后对阿里亚·孟胡赖说："我

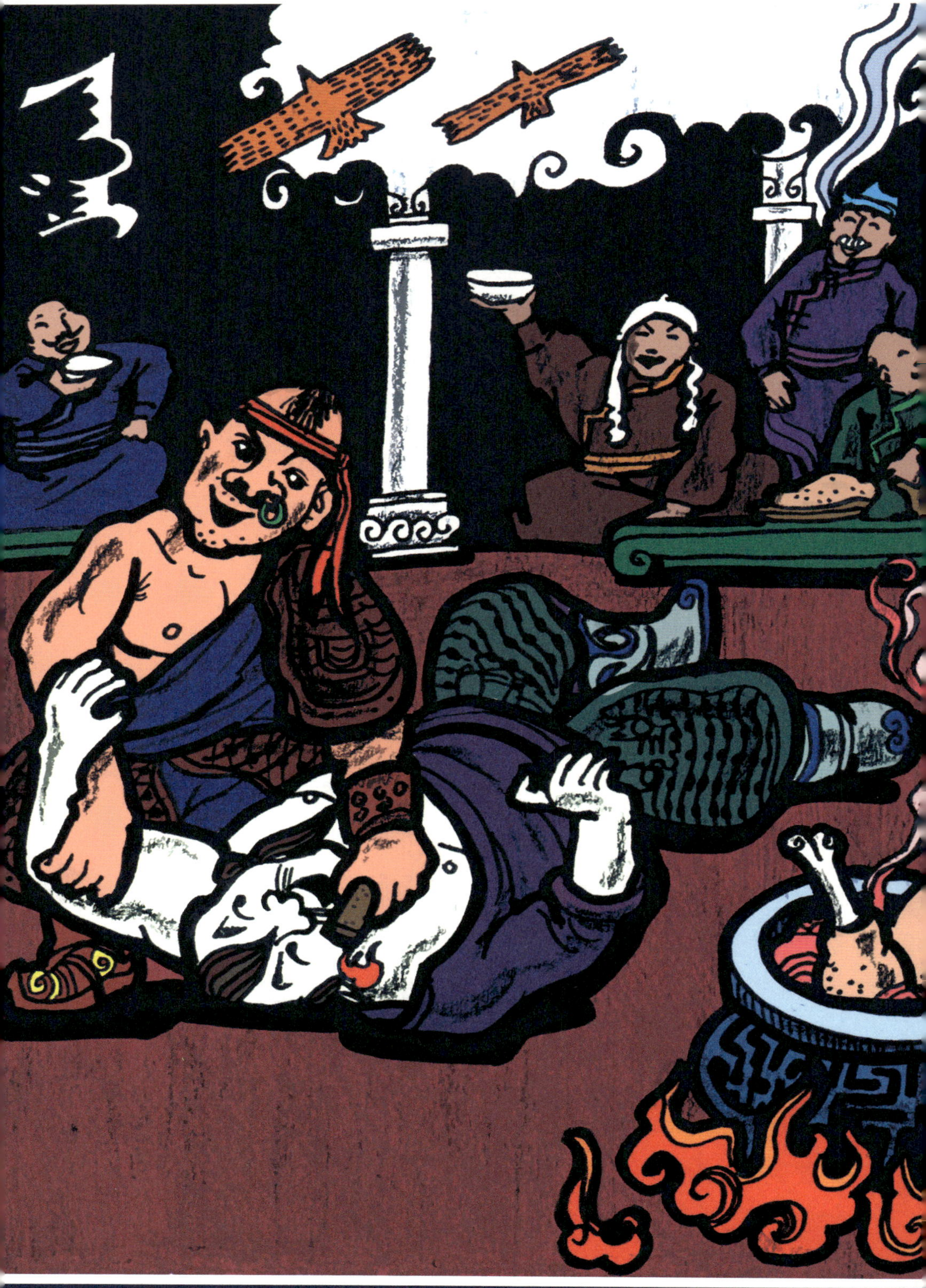

欢迎天下所有的勇士都来宝木巴，在同一片蓝天下和睦相处，共同生活。"

阿里亚·孟胡赖见江格尔如此以诚待人，见宝木巴也确实繁荣富庶，人人安居乐业，于是他端起酒碗发誓："我现在对天、对地、对火、对水发誓，从现在起，我愿意永远成为宝木巴的一员，决不反悔。"

萨纳勒趁着酒性，按倒阿里亚·孟胡赖，在他的右颊烙上宝木巴的火印。

宴会进行了六十天，宫殿里欢呼声一浪高过一浪。

第八回

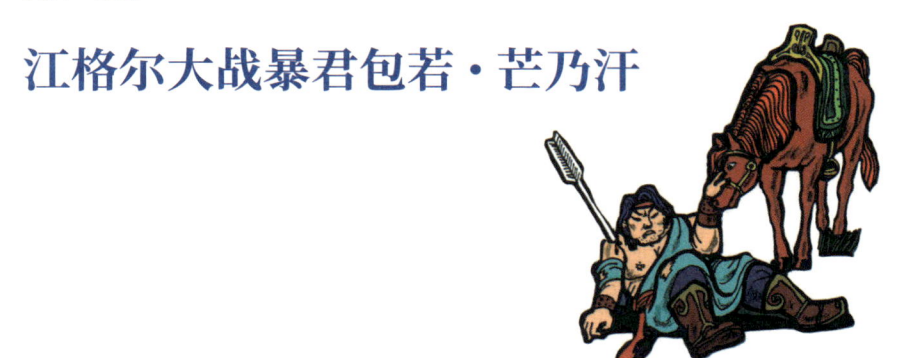

江格尔大战暴君包若·芒乃汗

一天,江格尔视察完牧场归来,听到宫门外传来激烈的争吵声,忙派凯·吉勒干出去探个究竟。

凯·吉勒干出了宫门,一看是两个卫士正与一个操异国口音的壮汉在争吵。双方揪着衣服,各不相让,一副剑拔弩张的样子。

凯·吉勒干制止了两人的争吵,问壮汉是何方人氏,敢在殿外喧哗。

那壮汉上下打量了一下凯·吉勒干,冷着脸说:"我是日落地方的包若·芒乃可汗的大将乃仁·乌兰,是来向江格尔传达我们可汗旨意的,快领我进殿!"

凯·吉勒干听说是远方来的使者,热情地引他进了宫殿。

乃仁·乌兰一见江格尔,不禁心头一怔,他是第一次见到如此高大魁梧之人,相貌也非同寻常之辈,难怪传言说他将是大草原的霸主,世界的主宰。乃仁·乌兰心里虽然有些不安,但还是硬着头皮站到江格尔面前,说道:"江格尔汗,你——听着,我是来转达——灰沙马的主人——包若·芒乃可汗的五条旨意的。第一，他要神驹阿冉扎勒去给他的骒马配种，繁殖更多的优良后代；第二，要你的夫人阿拜·格日勒去做他的婢女，给他的夫人缝补梳洗；第三，要美男子明颜去做他的颂其，侍奉各地来宾；第四，要萨纳勒的红沙马去给他的战车驾辕，还要给牧马人巡夜打更；第五，听说洪古尔是雄狮英雄，而且还酒量过人，要他去为我们可汗效犬马之劳，帮助他征服想要征服的地方。你如果不答应以上五个条件，下个月的初八，包若·芒乃可汗就要亲自率领十三万大军，来踏平你们宝木巴，把你的人全部填入宝木巴海，并且还要毁灭你的佛教。"

听完乃仁·乌兰的话，江格尔沉默了好一阵，然后说："你说的这些都是大事情，大事情是不能着急的。不如这样，你先在这里住下来等两天，等我与大臣们商量后再做决定。"他立即吩咐凯·吉勒干去安排客房，以好酒好肉款待他。

江格尔让凯·吉勒干立即通知十一名大巴特尔、三十三个伯东、六千零十二名勇士火速赶到宫里来。他要听一听众人的意见。

众人接到紧急通知，火速赶到黄金宫殿，围着江格尔坐了七圈。江格尔这才向众人介绍了乃仁·乌兰，并让他当众说出他的来意。

乃仁·乌兰话音刚落，江格尔身边立即众怨沸腾。

萨纳勒气得大吼一声，将手中的酒碗砸向乃仁·乌兰。洪古尔也一蹦子跳起来，揪住乃仁·乌兰就大打出手。江格尔见宫里乱作一团，严厉地喝令他们坐下。

待大殿里安静下来，江格尔转向金胸智者阿勒坦·切吉："我的老英雄，你是能预测后事的先知，你说说看，如果我答应了芒乃的条件，会有怎样的后果？如果不答应他的要求，那又会怎么样呢？"

阿勒坦·切吉沉默了一阵，才郑重地说："伟大的圣主，我也正在为这个问题犯难呢，假如我们答应了包若·芒乃的要求，宝木巴就失去了独立和自由，我们就成了亡国奴。可是，我们如果不答应他的条件，你父亲乌宗·阿勒达尔过去与他的那场恶战，那悲惨的场景仿佛还在眼前。那时你的父亲乌宗·阿勒达尔只有二十岁，那时阿冉扎勒的父亲也只有七岁。包若·芒乃那时只有七岁，灰沙马也只有四岁。他父亲命令他来赶走我们的马群。你父亲在岗嘎海边的大草原上与他展开了恶战。你父亲乌宗·阿勒达尔可汗身受三百多处刀伤，如果不是阿冉扎勒的父亲机智地躲过追击，你父亲就性命难保了。"他盯了江格尔一眼，继续道："当时，包若·芒乃只是腿部负了轻伤，最后还是赶走了宝木巴的三千大红马。现在说起来，你父亲的武功要比你高出两倍，亦才勉强保住性命，所以我最担心的就是你有没有把握战胜那个魔鬼。"

阿勒坦·切吉的话让江格尔陷入了沉思，他紧锁双眉，思谋着如何处理好这个棘手的问题。

宴会厅顿时变成了一锅沸水，众勇士都七嘴八舌地乱嚷开了。有人说要去与魔鬼决一死战，只有打败魔鬼，消灭魔鬼，才能有永久的和平；也有人说，为了求得宝木巴的和平、幸福，就应该有所牺牲，舍个人小利换取多数人的利益，这才显出为人尊者的高风亮节。

江格尔阴沉着脸，看勇士们个个吵得脸红脖子粗，有人甚至在摔盘子摔碗了，忙喝令众人停止争吵。他向众人扫视了一眼，沉重地说："为了宝木巴人民免遭战争的蹂躏，我决定答应包若·芒乃的条件，将我的神马阿冉扎勒和我的夫人阿拜·格日勒送给包若·芒乃。因为他们是我的个人财产，我有权自己做主。他要萨纳勒的红沙马，那就必须马主人同意。还有美男子明颜，他可是我最好的敬酒官，但是为了天下太平，我还是忍痛割爱，就把他送给你们吧。"

凯·吉勒干将江格尔的话翻译给乃仁·乌兰。

待乃仁·乌兰离开宫殿，洪古尔怒发冲冠地责问江格尔："伟大的可汗，不是我有意违背您的意愿，也不是与您为难，但是我不明白您为什么要答应他们的条件，向敌人屈膝投降，这是你江格尔的所为吗？难道您不觉得这是丢了全体宝木巴人的脸吗？"

此刻，江格尔也是心烦意乱，阿勒坦·切吉的话还在心头萦绕，既然连父亲这样伟大的可汗都失败了，我为什么要让更多的人经历失败的惨痛呢？如果做出一些让步能保全宝木巴，这不是比让宝木巴重新陷入争战要好得多吗？长期以来，江格尔已经习惯了别人的阿谀奉承、拍马溜须。此时，他尤其不能容忍亲如同胞兄弟的洪古尔，竟然当着众人这样责难他，与他唱反调，使他大失尊严。江格尔越想越激动，气得脸色红一阵白一阵，突然一拍银座吼道："洪古尔，我要你记住，不要自恃有功就目空一切，自以为是。我告诉你，什么时候我都是你的兄长，是你的可汗，你如果不服从我的命令，小心我把你捆起来！"

江格尔的话让众人目瞪口呆，站在那里不知如何是好。

过了好久，大巴特尔们沉默着，陆续出了宫殿，一场盛筵就此不欢而散。

出门以后，善于阿谀奉迎的鸹尔古勒岱跟在洪古尔身后，讨好地说："举世无双的英雄，我尊敬的雄狮洪古尔，我对你一直是非常钦佩的，没有你就没有宝木巴的希望，没有你就没有宝木巴的安宁。"见洪古尔盯着他不作声，接着道："我其实早就有话想对你说的，有的人以为现在天下太平了，我们也过上了好日子，他们就开始忘乎所以，天天举行宴会，沉湎于笙歌燕舞、纸醉金迷中，把你们这些有功之臣都忘到脑袋后面去了。"

鸹尔古勒岱自以为他的话说到了洪古尔心里，迟疑了一阵，又吞吞吐吐地说道："兄弟，与其这样不明不白地受冤枉气，不如快点另找地方。像你这样的勇士，在全世界都是有用武之地的，何必非要在一棵树上吊死？"

洪古尔仍然盯着他不说话，鸹尔古勒岱见萨纳勒走了过来，忙灰溜溜地走了。

看着鸹尔古勒岱匆匆离去，萨纳勒问道："洪古尔，那家伙又给你嘀咕了些什么？"

"他还会说什么好话？"

"那狗东西是两面派，他的话你千万不能相信。"

"我知道。"

"刚才乃仁·乌兰的话太欺负人了，你现在有什么打算？"

"你呢？包若·芒乃不是也要你的红沙马吗？"

"他做梦去吧！"

"可是主人已经答应了他的条件，不给他的话就可能引起战争。"

"真要有战争，我宁愿战死在沙场！"

"自古以来，胆小就要挨打，只有以眼还眼，以牙还牙，用战争对付战争，这样才能求得和平。"

"那，你的意思……"

洪古尔对萨纳勒说："你去转告江格尔，我现在就去讨伐那个包若·芒乃，要让他知道洪古尔不是好惹的。为宝木巴的荣誉和公道，我可以粉身碎骨。"

萨纳勒拍了拍洪古尔的肩膀，竖起大拇指道："好样儿的，我祝你马到成功，有事就捎个信来，我一定去帮助你。"

洪古尔回到家，将发生的事情告诉了妻子格孜仁娜。

格孜仁娜深情地看着丈夫，觉得他无比的高大，是个真正顶天立地的男人。可当洪古尔说要单枪匹马去讨伐包若·芒乃时，她眼眶里涌出了泪花，握着丈夫的手半天说不出话来。

洪古尔搂着格孜仁娜，用衣袖拭去她脸上的泪珠，安慰道："你别哭，你哭我会心疼的。我又不是第一次出征，我们也不是第一次分离，你就别担心了。"

"我舍不得你走。"格孜仁娜啜泣着说。

"宝贝别哭，我一定会平安归来的。"洪古尔抚摸着她黑亮的头发安慰道。

"宝木巴有那么多的英雄，为什么就你一个人去呢？"格孜仁娜抬起头，泪眼婆娑地问洪古尔。

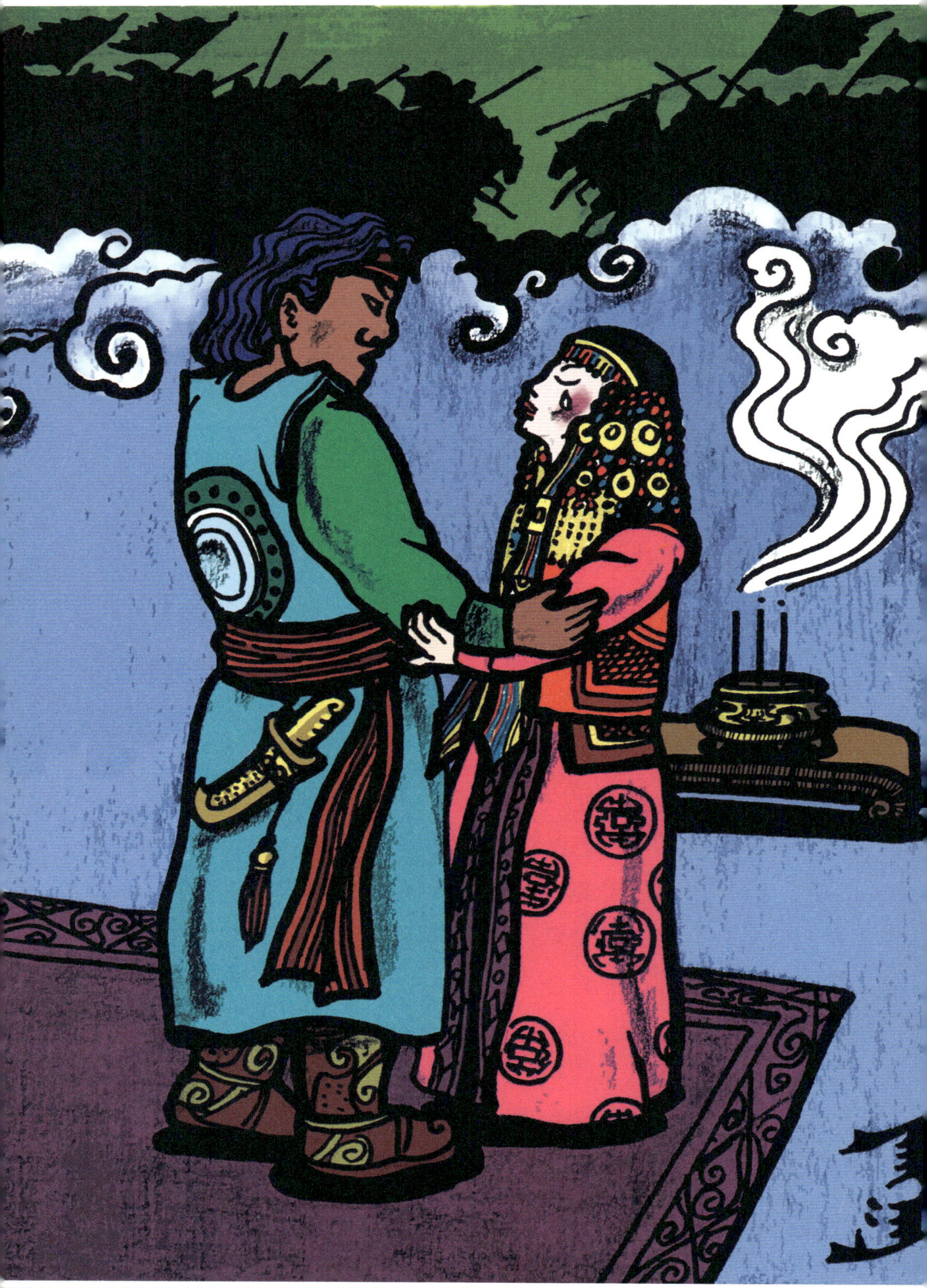

"大丈夫顶天立地，为什么要去与别人比？我的决心已定，谁也不能再动摇了。"洪古尔斩钉截铁地道。

格孜仁娜虽然心里极不愿意，但她知道丈夫决定的事情，就是有九头牛也是拉不回来的，于是忙去为丈夫准备了丰盛的午餐，想让丈夫出门前再美美地吃上一顿。

酒足饭饱之后，洪古尔叫马夫牵来白鼻梁铁青马，为它鞴上鞍鞯，自己也披挂停当后，告别妻子就出发了。

萨纳勒回到宫殿，向江格尔禀报了洪古尔准备独自出征的事。江格尔听后一直沉默不语，萨纳勒于是大着胆子问道："伟大的圣主，您还要送明颜和阿冉扎勒去包若·芒乃那里吗？"

江格尔长叹了一声："唉，你以为我就心甘情愿吗？"他看着萨纳勒："你也曾做过几百户奴隶的主人，应该理解我的苦衷，我不想战争，保护宝木巴人民的幸福、安宁是我的责任，如果以微小的代价能换取和平，我宁可忍受失去手足的痛楚。"

洪古尔单人匹马离开宝木巴，孤苦伶仃地走了三七二十一天。当他正在匆匆赶路时，听到身后传来阵阵马蹄声，他停下来回头一看，见是美男子明颜骑着银合马追来，旁边还跟着阿冉扎勒和红沙马。他停下来问道："明颜，你这是去哪里啊？"

明颜气喘吁吁地回道："圣主派我将阿冉扎勒和红沙马送给包若·芒乃。"

"那……你呢？"

"我也只好留在包若·芒乃那里了。"

"你愿意吗？"

"不愿意又有什么办法，我明白圣主的不得已之处呀。"

洪古尔一声长叹，转而恳求道："明颜，别的不说，我只求你将阿冉扎勒留下，我要去额尔赫图山与包若·芒乃决一死战。"

明颜不答话，一磕银合马的肚皮，拉着阿冉扎勒和红沙马就走。

洪古尔见明颜不为所动，紧紧跟在他的后面跑了七天，眼看将要来到包若·芒乃的领地，他急忙追到明颜背后，纵身一跳飞落在阿冉扎勒面前，一把抓住它的缰绳。阿冉扎勒也明白洪古尔的心思，它的蹄子仿佛在大地上扎了根，任凭明颜拉拽也一动不动。

洪古尔站在明颜马前，哭求他务必将阿冉扎勒留下。

明颜终于为洪古尔的真情所动，他跳下马来紧紧抱住洪古尔，声泪俱下地说："洪古尔，我明白你的赤诚。那我就冒死犯上一次，将阿冉扎勒留给你吧。"

洪古尔骑着阿冉扎勒，翻过连雄鹰都难以飞越的额尔赫图山，穿过寸草不生的戈壁滩，远远地看见迎面来了一支队伍，一面蓝色大旗在队伍前迎风招展。这是包若·芒乃听了使者乃仁·乌兰的报告后，亲自率领四十二万大军要去找江格尔兴师问罪。

洪古尔虽然并不畏惧敌人，但是，他觉得单枪匹马去硬闯也是愚蠢的，此时不应该去作无谓的牺牲，于是他念了几句咒语，将阿冉扎勒变成了两岁的普通小马驹，自己则变成一个肮脏的流浪汉，然后坐在路边等候大队伍的到来。

包若·芒乃率领着军队浩浩荡荡而来，衣着褴褛的洪古尔没有引起他们的注意。当敌人的队伍过得差不多的时候，他混进了敌人的马队中，静听他们七嘴八舌的谈话。一个人说这次首先要去希克尔海滨，活捉摔跤手蒙根·希克希尔格。另一个说，包若·芒乃可汗想要的是江格尔的漂亮夫人阿拜·格日勒，还有的说可汗还想要征服黑海滨的主人古赞·贡贝，因为那个大肚皮也很富有。

突然有人笑道："舒布图·哈拉，你到了宝木巴还想干什么？"

那个叫舒布图·哈拉的人瓮声瓮气地说："我要抢走洪古尔的老婆格孜仁娜做我的奴婢，每天为我熬茶煮肉，还要……哈哈……"

舒布图·哈拉的话一下子激怒了洪古尔，他实在是忍无可忍，瞬间恢复了自己的本来面目，将阿冉扎勒也变回原形，挥起巨斧将敌人的旗手砍下马鞍，夺过蓝旗就朝白头山奔去。敌人发现是阿冉扎勒神马，以为骑马者是江格尔，于是高喊着"江格尔！活捉江格尔"，像潮水一般围追了去。

舒布图·哈拉冲在队伍的最前面，到了半山坡，洪古尔回头见就他一人，于是故意让阿冉扎勒放慢步伐。当舒布图·哈拉靠近，他突然掉转马头猛喝道："小魔头听着，我就是你们可汗要的雄狮洪古尔，你不是夸口要我的格孜仁娜吗，那我现在就给你！"说着，挥斧就朝舒布图·哈拉的头顶劈去。

舒布图·哈拉没料到洪古尔会来这一招，还没有来得及招架，就被洪古尔砍断了盔甲上的七十二个铁卡，铁卡陷进肉里有三指深，他一头栽下马背。

洪古尔没有理会他，直奔额尔赫图山与明颜会合。他在山坳处见了明颜，从怀里掏出敌人的蓝旗交给他，催他快快回去向江格尔报告，就说这是洪古尔献给他的礼物。洪古尔宁可战死，也决不屈服。

对明颜说完要说的话，洪古尔又策马冲向敌人。路遇舒布图·哈拉，他已是奄奄一息。洪古尔揪住衣领将他拎了起来，抛到了白头山上。

此时，乃仁·乌兰骑着大红马到来。两人没等搭话就交上了手，恶战了二百多个回合不分高下。

洪古尔越战越勇，一斧砍在乃仁·乌兰的大腿上。乃仁·乌兰低头一看，伤口咧得像鱼嘴，鲜血如泉水一样喷涌，心里顿时有了几分怯意，心想此人果然厉害，还是先躲过这一劫再说吧。他且战且走，想瞅机会开溜。

洪古尔岂肯放过他，他拉紧阿冉扎勒的缰绳，要它紧紧地咬着大红马，两匹马绕着地转了一会儿圈，把大红马转得晕头转向。洪古尔抓住机会，轻舒猿臂将他拎过去压在自己的鞍鞒上，直奔白头山而去。

后面追来的敌人不见了乃仁·乌兰，顿时就像是一群马蜂，满山遍野嗡嗡地乱追。

明颜一路不敢怠慢，快马加鞭地奔回宝木巴，匆匆直奔黄金宫殿。

江格尔突然见到明颜，凝聚在脸上的阴霾刹那间烟消云散，心里的抑郁和烦躁，像冰雪见了阳光，立刻化成了一股春水。他忙从四十四条腿的宝座上走了下来，拉着明颜的手问长问短。

明颜双手将敌人的蓝旗献给他，并述说了洪古尔大战包若·芒乃的经过。

江格尔握着敌人的蓝旗，喃喃地念着洪古尔的名字，不禁潸然泪下。在座的众人也非常激动，齐声呼喊着英雄洪古尔的名字。

江格尔用蓝旗擦去眼角的泪水，抬头对众人道："雄狮洪古尔为了宝木巴，正在单枪匹马地与敌人激战，你们说，我们应该怎么办？"

这时众人听到一个阴冷的声音从人群背后传出来："洪古尔违背了可汗的命令，独自逞强，既是这样，就让他就自己去打好了！"

声音虽然不大，但在静谧得连空气似乎都要凝固的大殿里，仍然震动了人们紧绷的神经。仿佛一石激起千层浪，大殿里立即炸开了锅。

萨布尔忿忿地说："真是岂有此理！洪古尔单枪匹马去与几十万魔鬼交战，我们坐在家里喝酒吃肉，过着舒服的日子，竟然还有人在背后说他的坏话。"

这时有人和稀泥说："洪古尔既然是人间雄狮，是举世无双的英雄，我认为他战胜包若·芒乃是没有问题的。"

"他即使再有本事，要打垮那么多的敌人也是困难的，我们应该立即去援救，不然他很可能就回不来了。"又有人担心道。

江格尔见大家陷入无谓的争论，拍了一下手，高声宣布道："勇士们，洪古尔独自迎敌不是他的过错，我始终相信他对宝木巴的忠诚，现在，我决定纠正我的迟疑和犹豫，率领全体勇士去支援洪古尔。现在，请你们与我一道，快去鞴马出发！"

马夫长包鲁·芒乃为江格尔牵来一匹八岁的红马。这匹马是阿冉扎勒的叔父所生，也是一匹纯种好马。江格尔骑着它，威风凛凛地绕着寺庙转了三圈，接受了大喇嘛的祝福，在宝木巴人民的欢呼声中出发了。

洪古尔用牛毛绳捆了乃仁·乌兰的手脚，他骑马跑到河边，让阿冉扎勒饮足水，吃饱肚子，自己也胡乱吃了一些东西，又驱马冲进敌群。奋战了九十个昼夜，却始终没有见到魔王包若·芒乃，他觉得十分奇怪，发誓要找到这个魔头。

洪古尔骑着阿冉扎勒绕着敌人的阵地转了几圈，也没有发现包若·芒乃的影子，便化装成普通马夫混了进去，躲在马厩观察了五天，终于发现在一杆大蓝旗下，有一个骑着高头大马的人，他猜想这人可能就是包若·芒乃。当确认骑着大红马的人就是包若·芒乃可汗时，洪古尔立即出了敌营，恢复了原形，骑着阿冉扎勒就朝包若·芒乃冲去。敌人没有防备，一下子被他冲得七零八落。一些企图拦挡他的敌人，被他杀得人仰马翻，敌人顿时乱了阵脚。

包若·芒乃站在蓝旗下，突然见一人骑着大红马箭一般向他奔来，他忙一提灰沙马的缰绳迎上前去。他不知道来者就是洪古尔，勒马问道："来者是什么人，岂敢在我的营里横冲直闯？"

洪古尔大声地："包若·芒乃魔头听着，我就是你想要的雄狮洪古尔。哈哈——我现在就站在你的面前，你快来拿走吧，不然就别怪我不客气了。"

包若·芒乃打量了洪古尔一眼，仰天一阵哈哈大笑，露出来一拃长的獠牙，不屑道："我原来以为洪古尔是个多么强壮的人物，原来却是这般模样，与乞丐差不多嘛。今天我就饶你不死，来给我当更夫吧。"

洪古尔气得像狼一样嗥了一声，挥起巨斧就朝包若·芒乃的额头砍去。只听"砰"的一声，斧头仿佛砍在顽石上，一阵金花四溅，包若·芒乃却安然无恙。

洪古尔接着又连砍数斧，震得他虎口开裂，斧头也卷了刃。包若·芒乃依然面不改色，镇定自若地坐在金鞍上。

两人斗了几百个回合，包若·芒乃常常轻松地躲开洪古尔的巨斧，急得洪古尔叫苦不迭。当他又一次挥斧砍向包若·芒乃时，包若·芒乃一把抓住斧柄夺了过去。

洪古尔失去武器，勒马就跑，包若·芒乃也不追赶，在原地弯弓搭箭，"嗖"地一箭射中洪古尔。

阿冉扎勒感觉到洪古尔可能受伤了，千方百计护着他不要坠马，它奋力奔跑了三个昼夜，摆脱了围追的敌人，来到一座高山顶上，伏下身躯，让洪古尔滚落下地，靠在一块青石头上。

江格尔率众来到白头山，不见洪古尔的身影，以为他已经遭遇不测，不禁痛悔万分，潸然泪下。

为了替洪古尔报仇，萨布尔骑着栗色马抡着十二刃巨斧冲入敌阵，直奔包若·芒乃面前，大声通报了自己的姓名，举起巨斧就向他砍去。

包若·芒乃见萨布尔来势凶猛，忙举起同样的十二刃巨斧抵挡。两把巨斧上下翻飞，打了几十个回合，让围在外面的敌人眼花缭乱，目不暇接。

萨布尔瞅准包若·芒乃的一个破绽，一斧砍到了他的头上，只听"嘭"的一声巨响，迸出万道火花，萨布尔手中的巨斧差一点震落地上，十二刃折断了四刃。萨布尔心里不禁一慌，回手稍微慢了一点，包若·芒乃迅速反劈一斧，将他手中的巨斧打落在地。萨布尔没了武器，怕继续打下去自己吃亏，就勒马奔向白头山。

包若·芒乃岂肯善罢甘休，他从怀里掏出驼毛拧的套马索向栗色马抛去。头两次都没有套上，他不甘心看着煮熟的鸭子飞掉，于是紧跟在后面穷追不舍，追了约有十贝热远，他第三次抛出套马索，终于套中了栗色马的脖子。萨布尔急忙抽出腰刀割断套马索。

包若·芒乃志在必得，他扔掉断了的套马索继续穷追不舍，终于在一个山坡上追上了萨布尔。

包若·芒乃挥起巨斧，一斧砍断了萨布尔铠甲上的三个绵羊大的甲环，他肩膀上立即翻起一道大口子，鲜血很快就染红了他的半边身子。他紧紧抓着缰绳，匍匐在栗色马的脊背上。栗色马用平生最快的速度摆脱了包若·芒乃的追赶，一口气飞奔到江格尔面前，将萨布尔放到他的脚下。

到山里寻找洪古尔的阿勒坦·切吉等几位大巴特尔，在山坳里发现了受伤的洪古尔。见洪古尔身上留着箭镞，伤口还不停地流着鲜血，古赞·贡贝忙上前就要去拔他身上的箭镞。他用了九牛二虎之力，那箭镞嵌在肉里竟然纹丝不动。古赞·贡贝急出了一头汗水，忙叫阿勒坦·切吉来帮忙。

阿勒坦·切吉仔细地看了一下洪古尔身上的箭镞，他知道这

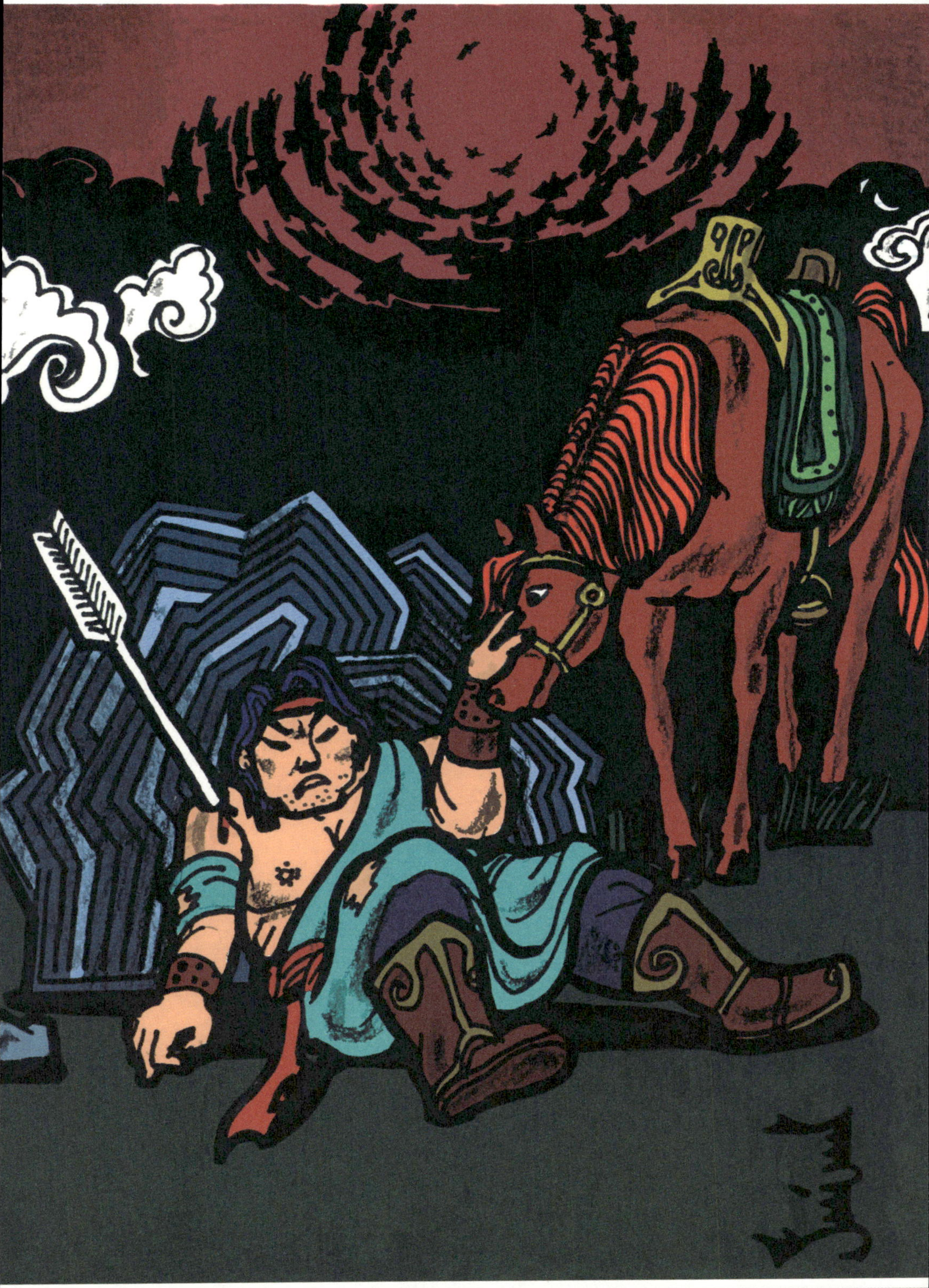

是包若·芒乃独家的胶着箭，这种箭只要一见血就能与肌肉粘连在一起，要想拔它出来，只有连肉一起剜掉。阿勒坦·切吉知道，用刀剜的办法是行不通的，他决定用拴马的梢绳拴在箭尾上硬拔。他让古赞·贡贝将梢绳拴到箭尾上，然后要众人一齐用力拉。第一次，箭镞没有拔出，梢绳却断成了三截。他又让将十根梢绳拧成一股拴在箭尾上，然后套在一匹马的脖子上，同时让五十个彪形大汉摁住洪古尔，一切准备就绪，阿勒坦·切吉一声令下，人马一齐用力，终于拔出了洪古尔身上的箭镞。

阿勒坦·切吉拿出神药，涂抹在洪古尔的伤口上，不一会他就慢慢地睁开了眼睛。古赞·贡贝第一个见他醒来，激动地大叫道："快看，雄狮洪古尔醒来了！我们的英雄洪古尔醒来了！"

阿勒坦·切吉见洪古尔恢复了健康，非常高兴地拉着他的手说："是江格尔汗率领我们支援你来了。"

包若·芒乃回到阵前，见一匹骏马风驰电掣般向他冲来，似有雷霆万钧之力，他不禁夸道："真是一匹好马！真是一匹好马呀！"其实这就是他想要的红沙马。

萨纳勒挺着八十庹的长枪，冲到包若·芒乃面前举枪便刺。包若·芒乃灵敏地躲过长枪，见来人皮肤黝黑，猜道："你大概就是萨纳勒吧？"

"是你爷爷，怎么啦？"

"这么说你骑的就是红沙马？"

"当然！"

"啊，真是一匹好马！我可是想了它很久了，今天你终于给我送来了，哈哈——如果你愿意，我用一百户奴隶来与你交换，或者你就留下来做我的总管。我包若·芒乃绝对不会亏待你的。"

"魔鬼，你别白日做梦了！我是来要你脑袋的，你就快快送上来吧。"

包若·芒乃一边躲着萨纳勒的长枪，一边紧盯着红沙马，嘴里不停地赞叹有声。

萨纳勒使出浑身解数，将包若·芒乃一步步逼到了悬崖边。

包若·芒乃猛然看到苍鹰在脚下飞翔，这时才发现已面临万丈深渊，再前进几步就要掉下去了，他不由得惊出了一身冷汗，立即拼尽全力进行反击，巨斧如暴风雨般向萨纳勒砍去，若不是红沙马跑得快，就要砍中萨纳勒的脑袋。

他俩在山坡上打了几百个回合，包若·芒乃佯装不敌而败走，萨纳勒催马在后面紧追，自以为胜利就在眼前。当他刚追到包若·芒乃背后，没料到他回头猛然砍来一斧，砍在萨纳勒左胳膊上，砍破他用老骆驼皮做的八层护臂，并伤了他的手筋，他不得不驱马下了战场。

江格尔见自己手下的两个大巴特尔都败下阵来，决定亲自与包若·芒乃比个高低。他默诵了六字真言，高呼着宝木巴的战斗口号上了阵。勇士们一齐跟着他冲了上去，人如潮，刀如林，里三层外三层地将包若·芒乃团团围住。

包若·芒乃与江格尔交手十几个回合，江格尔就一枪刺中他的后背，并将他挑在枪尖上举到空中，仿佛是一棵连根拔起的大树，在空中手足乱舞。

江格尔的勇士们齐声高叫着："杀死他！杀死他！杀死这个

吃人的魔鬼！"

包若·芒乃的军队嚷着为他打气："我们的可汗是无比强悍的英雄，是狼的传人，你一定能把敌人的枪杆扭断！"

包若·芒乃镇定了自己的情绪，抓住阿拉牟枪杆大吼了一声，将江格尔用十二根旃檀木拼成的枪杆扭断成十二截。他重新落到地面，抓起巨斧就砍向江格尔。

此刻，洪古尔已恢复了健康，正好与阿勒坦·切吉、古赞·贡贝等骑马赶来，就在这千钧一发之际，他发出一声雷鸣般的怒吼，如猛虎下山冲到包若·芒乃身后，拦腰将他抱过马背，举着他转了几圈，然后"嘭"地一下摔到地上。

古赞·贡贝一脚踏在包若·芒乃身上，怒喝道："魔鬼，想要活命就赶快投降。"

包若·芒乃躺在地上紧闭着双眼装死，趁古赞·贡贝没留意，他突然一口咬住古赞·贡贝的小腿，那六拃长的獠牙扎进肉里，伸出九拃长的舌头就吮起血来。

而古赞·贡贝则丝毫没有察觉，他还脚踏着包若·芒乃喊着要他说话。江格尔低头见魔鬼正在吸古赞·贡贝的血，抽出宝剑砍掉了包若·芒乃的头颅。

那头颅骨碌碌在地上滚着，对江格尔龇牙咧嘴地说："你不要得意，我的头你是砍不完的。"

江格尔听他这么一说，果然看到他脖颈处又冒出一个头来。洪古尔在一旁眼疾手快，挥剑将那头砍掉。他刚刚收起宝剑，包若·芒乃的脖子上又长出来一个脑袋。阿勒坦·切吉见了，忙说："你们都不要动手了，让我也来砍一个。"他也挥刀砍掉了魔鬼的一个脑袋。

几个人围着包若·芒乃，轮流砍着魔鬼的头颅。包若·芒乃长出来一个他们就砍掉一个，就这样连续砍去了二十五个头颅，星罗棋布地摆了一地。最后，洪古尔砍来一根木桩，将一头削尖后将他钉在地上。包若·芒乃喷出一摊黑血，头颅停止了生长。

包若·芒乃一死，众敌人没了统帅，也就无心继续再战，扔下一地的尸体纷纷作鸟兽散。江格尔来到山顶，洪古尔等人押来被俘的四十二个敌将，一齐跪在江格尔面前要他发落。江格尔命令凯·吉勒干为他们松了绑，并当众宣布对他们既往不咎，愿意留下的就编入勇士队伍，要回家的就发给每人一匹马十只羊。

江格尔的话让俘虏们无不感激涕零，跪在地上高呼伟大的圣主江格尔，纷纷发誓愿意永远归顺江格尔可汗，做宝木巴的属民。

江格尔紧紧地拥抱了洪古尔，命令队伍将战场打扫干净，将草原分配给当地牧民，然后率领着队伍返回宝木巴。一路上旌旗招展，歌声嘹亮，天上的鸟儿飞来祝福，林中的野兽站在路边贺喜，他们飞驰了七十个昼夜，回到黄金宫殿。

江格尔在宫殿里举行盛筵，庆祝讨伐包若·芒乃的胜利。他赞扬了洪古尔的盖世英勇，责备了自己的一时怯懦。他宽阔的胸怀和磊落的肝胆，为他赢得了众人更加深沉的热爱。

第九回

恶魔夏拉·蛄尔古的覆灭

春天又来到宝木巴大草原。

宝木巴海春潮涌动,波浪滔天。在西吉鲁大草原中部,山峦开始返青。解冻的旆檀河上,清澈的河水川流不息,蜿蜒曲折奔向萨尔塔克海。

几年中,在宝木巴海滨,又建起了几百座寺庙,最中央的那座是宝木巴的国寺。在几百丈长的围墙内,平顶楼阁式的大雄宝殿高耸入云,七庹高的经幢冒着袅袅青烟,五万个小沙弥在此修行。

宫殿和寺庙的后面,是一望无垠的大草原,这里河流纵横,水草丰茂,是繁衍生息、狩猎放牧的好地方。新春为草原换了新装,大臣们带着纯洁的奶食和醇香的美酒,肥美的鲜肉和山珍,纷纷来黄金宫殿向江格尔贺春。

古赞·贡贝骑了乌龙驹,带着他的三千名能逗乐子的仆人,用骆驼和牦牛驮着礼物,浩浩荡荡地向宫殿行进。在路过阿勒坦·切吉的领地时,他还邀请了老英雄一路同行。

阿勒坦·切吉也带上三千人一同出发了。马蹄声惊动了其他的七十二个可汗，他们也纷纷带着礼物赶往黄金宫殿。沙嘎达尔雍和尔山麓下，人头攒动，摩肩接踵，难得一聚的朋友见了面，欣喜若狂，笑语不断。

到了午时，江格尔吩咐凯·吉勒干请勇士们进殿贺春。

黄金宫殿前汇集了贺春的人群，有人高声喊道："西吉鲁草原的雄鹰——蒙根·希克希尔格的儿子洪古尔到！"众人一见洪古尔，立即夹道高呼着欢迎的口号。洪古尔来到黄花旗杆下下了马，黑丝绒的披风半敞着，背上垂着乌黑光亮的长发，宽阔的脊背可以跑骆驼。他咧嘴一笑露出了洁白的牙齿，宽大的脸庞泛着红光，双眼充满了智慧的光焰。

洪古尔迈着虎步走进大寺庙，径直进了大雄宝殿，跪在地上向噶拉丹大喇嘛磕了八千个头，然后离开寺庙进宫去见江格尔。

众勇士一见他来到黄金宫殿，兴高采烈地欢呼起来。他接过明颜端给他的一碗鲜马奶，走到江格尔的宝座前，祝贺他新春快乐，吉祥如意。

接着又向坐在江格尔身边的阿拜·格日勒夫人敬了马奶。

阿拜·格日勒接过鲜马奶一饮而尽，然后向洪古尔回敬了鲜马奶，也祝贺他新春愉快。

阿拜·格日勒明眸皓齿，面如明月，嘴唇如熟透的樱桃，头发如孔雀开屏，永远如十六岁的少女那样美丽。她全身裹着锦缎，高帽上装饰着红缨穗，长长的耳垂上，佩戴着价值七百匹骏马的金耳环。她十指纤如白玉，声音犹如托布休尔弹奏出的音乐。草原上百花为她怒放，森林里百鸟为她歌唱。她与江格尔真是天造地设的一对儿。

洪古尔摘下银盔挂到架子上，捋了捋头上的黑发，热情地向众人问了好，然后坐到江格尔的银座旁。

古赞·贡贝忙站起来，要洪古尔坐头把交椅。洪古尔婉言相拒，但还是拗不过古赞·贡贝，只得过去坐下。

古赞·贡贝有一点敬佩地说："你的才干在一百个国家中都无人可比，你的胆量能战胜六个国家的强敌；你是宝木巴的太阳，阿勒泰山的战旗。你与对手交战，无数的刀枪不能伤你，无数的毒箭射不中你。铁青马四蹄受伤，你徒步迎战，杀进杀出，毫不畏惧。撤退时你总是走在最后面，掩护我们平安离开。你是卫拉特的健儿，宝木巴的雄狮。"说着，敬了他一大碗醇酒。

此时，侍膳官派人到顿珠尔旃檀河上游去拉来了最好的酒浆。在宫殿前，一个大力士扛起五百斤重的大酒桶就走，可是怎么也迈不过紫檀门的门槛，急得他满头大汗。

萨纳勒见状，将酒桶拎起来夹在右腋下，从容地走到江格尔面前，将酒桶一放，叫明颜拔去酒桶的盖子，舀出来头碗新酒，双手端着先去敬给江格尔。

江格尔神情肃穆地左手端着酒碗，用右手的无名指蘸了一滴酒弹向天空敬了天神，再蘸了一滴酒弹向地下敬了地神，最后蘸了酒抹到自己的额头上，表示敬了祖宗，然后一饮而尽。

两个七岁的小勇士抬着七十个人也抬不动的大红碗，开始为众人敬酒。敬酒必须一饮而尽，不然就会受到惩罚，连江格尔也不能例外。五轮酒敬完，人人红光满面，热血沸腾，说起话来犹如在集市，肆无忌惮地放开了喉咙。

又是五轮酒过去，萨纳勒大着舌头赞扬起江格尔，接着又赞扬阿拜·格日勒夫人，还赞扬阿冉扎勒神马。他发誓："我愿意将生命交给刀枪，将希望寄托给江格尔可汗。"

细脖子鸪尔古勒岱端着酒碗，摇摇晃晃来到洪古尔面前，大着舌头说："洪古尔，我……我来敬你一碗酒。我说……说你……你才是宝木巴真正的英雄，我……我只佩服你……你一个人，其他的人都是狗屁，我……我根本就没……把他们看在眼里。"

萨纳勒听到了鸪尔古勒岱的话，热血突然涌上头顶，他将酒碗一摔，一把抓住他的细脖子，厉声道："你这个拍马屁的家伙，刚才说的是什么？"

鸪尔古勒岱用力掰着萨纳勒铁钳般的大手，急辩道："我，我没说什么呀。我只说了洪……洪古尔是英……英雄，难道你不服气吗？"他说着，偷偷地瞟了一眼洪古尔，希望他能为自己说话。

洪古尔本来就讨厌这个是非小人，现在看到萨纳勒要教训他，忙转过脸去佯装没看见。

萨纳勒左手掐着鸪尔古勒岱的脖子，非要他把刚才的话重复一遍。鸪尔古勒岱咬紧牙关死活不说话，气得萨纳勒抡起铜钵大的拳头，在他身上一顿乱捶，打得他高喊救命。幸亏众人扯开了萨勒纳。

阿拜·格日勒夫人见状拿出一把有着一百年历史的金琴，她用纤纤玉指轻抚琴弦，琴声如淙淙流水，众人顿时安静下来。

美男子明颜见阿拜·格日勒夫人弹起金琴，也拉起了马头琴，悠扬的乐曲声传到草地，牛羊抬起头来停止了吃草，树上的鸟儿听到了音乐也不再歌唱。

洪古尔听到这悦耳的乐曲声，放下酒碗，引吭高歌了一曲对骏马的赞歌。

杜那·格日勒、唐苏克·格日勒、蒙根·格日勒等六个小青年，在舞手阿吉的带领下，翩翩跳起了骑马舞，他们矫健的身躯跳跃、腾挪、旋转，如骏马奔腾，鹰击长空。

欢宴到月挂中天才散去。

第二天，太阳升到山顶时，江格尔起了床。侍膳官端上香喷喷的奶茶和奶酪，他却闷坐在那里一言不发。侍膳官小心翼翼地几次问他，他却怎么也不开口，急得侍膳官不知如何是好，忙叫八十个人分头去通知大臣与小可汗们。

大臣与小可汗听到消息，纷纷快马加鞭来到黄金宫殿。见江格尔闷闷不乐地独坐着，阿勒坦·切吉问道："伟大的江格尔汗，您这是为什么啊？难道又有敌人入侵？还是发生了重大灾难？您不必一个人愁烦，让我们也来替您分担吧。"

江格尔瞅了一眼老英雄，沉默着没有作答。

阿拉坦汗的儿子达赖·吉勒甘在一旁急道："难道您是觉得阿拜夫人不漂亮了吗？"

江格尔瞪了他一眼，仍然沉默不语。

凯·吉勒干激动地说道："伟大的圣主，是您帮我度过灾难，又赦免了我犯下的过失，现在我只恳求您，对我们吐露您的忧愁吧。"

江格尔仍然没有开口说话。

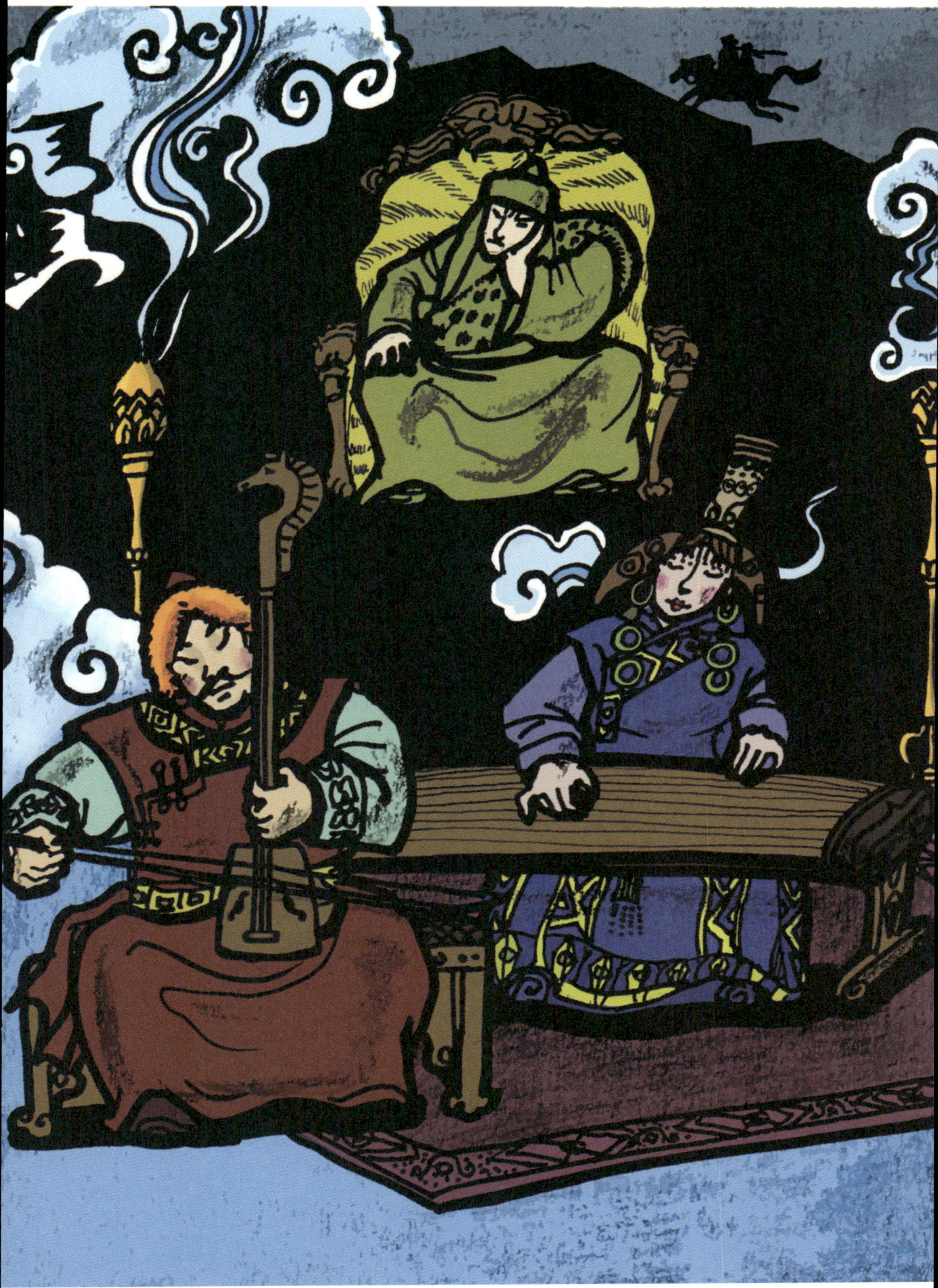

凯·吉勒干急道："您不要装作这个样子来恫吓我们，论英雄，宝木巴还有洪古尔；论俊美，宝木巴还有美男子明颜；论智慧，您比不过老英雄阿勒坦·切吉。就说我吧，我和您一样，也是可汗的儿子，一样可以治理好自己的地方。"说完，忿忿地出了宫殿。

凯·吉勒干的愤然离去，大大出乎大臣们的预料，他们面面相觑，沉默地等着江格尔发话，可是他们等了好一阵，江格尔仍然闭目沉思着，大臣们也就陆续离开了宫殿。

大臣们走了一阵之后，江格尔仿佛从睡梦中醒来，他抬头见只有包若·芒乃，于是吩咐道："包若·芒乃，快去将我的阿冉扎勒套来。"

江格尔让阿拜·格日勒夫人为他准备行装。阿拜·格日勒不敢问他是要去哪里，就像以前那样，先给他穿上丝绒内衣，再套上黄色长袍、银白色的坎肩，系上价值七十匹马的腰带，又在他腰间披上一块价值一户奴隶，象征胜利的黄绸手帕。

江格尔跨上阿冉扎勒，绕着大寺庙走了三圈，告别了大喇嘛就上路了。他在洪古尔家门前下了马，敲门问道："请问洪古尔在家吗？"

洪古尔听到江格尔的声音，忙请他进去。

江格尔拒绝进门，郁郁地道："我现在非常迷茫，不知道一腔热血将洒在哪个山头，几根白骨会埋在哪个山脚，我的灵魂不知要到哪里去逍遥。现在，我决定放弃汗位，寻找灵魂的皈依，锦绣的宝木巴今后就要靠你来捍卫了！"说完，不顾洪古尔的极力挽留，策马而去。

大巴特尔们对江格尔的出走感到茫然失措。江格尔独自过了八十二条旃檀河之后，阿勒坦·切吉率领着十七个勇士追上了他，拦住他的马头说："我有几句话要问清楚，第一，您为什么要独自出走，请说明是什么原因。"

江格尔盯着阿勒坦·切吉，微微摇了摇头。

"第二，我与洪古尔都是您的大臣，身份是平等的，为什么要他来掌管宝木巴，而我则成了他的属民？"

江格尔想了一阵，说道："没有头羊的羊群要被狼欺，没有主人的草原，人们会四处流离。俗话说'家不可一日无主，国不可一日无君'，洪古尔有战胜敌人的力量，你为什么就不可以做他的属民？"

阿勒坦·切吉生气地说："既然您坚持要抛弃宝木巴远行，我们又何必继续待在这里，不如都散了吧。"

江格尔板着脸冷冰冰地回答："老英雄，我给你这个自由，你自己看着办吧。"

阿勒坦·切吉的本意是想让他打消出走的念头，没想到江格尔反而说出这样绝情的话。他忍住气道："那好吧，如果您还要继续一意孤行，我只好祝您一路顺风了。"说完带着人马绝尘而去。

江格尔又独自过了八十二条旃檀河，古赞·贡贝也带着十七个勇士追上他，上前拦住他的马头，说了与前面阿勒坦·切吉同样的话，力劝江格尔不要独自出走，不要抛弃宝木巴的人民。

江格尔固执地不肯说出自己出走的原因，古赞·贡贝等勇士们看劝阻无望，也气得飞奔而去。

江格尔继续往东走着，越过满是大理石的金山，来到一个群山环抱着的盆地。他在盆地里迷了路，在里面转了几天也没能走出去，只好信马由缰地由阿冉扎勒去寻找出路。

洪古尔接受了江格尔的委托坐镇黄金宫殿。可他本是一个勇士，没有理政的头脑和经验，并且处事方法也简单，因此引起了一些大臣的不满，没过多久就有人与他分庭抗礼，不听他的调遣。

在展翅一飞就是九千贝热远的黄色斑头鹘飞不到的地方，住着一位名字叫夏拉·蛄尔古的暴君。一天，有人对他说，宝木巴的江格尔独自离开了家，留下洪古尔替他执政，大臣和勇士们不服从他的领导，纷纷四散而去。他听到这个消息后，认为进攻宝木巴的时机终于来到了，竟然高兴得七天七夜没有睡着觉。

早晨，他的大臣夏拉·图希米勒问道："伟大的可汗，您这几天愁眉不展，茶饭不思，难道有什么烦恼吗？"

夏拉·蛄尔古盯着他突然大笑道："我有一个好消息要告诉你们，在日出的东方有一个宝木巴，它的可汗江格尔现在只身出走了，他的勇士们差不多也都离开了那里。我现在想的是如何去踏平白头山，填掉宝木巴海，成为那里的主人。我要活捉了洪古尔，将他扔进红海下的七层地狱，交给那里的八千个妖精们。"

夏拉·图希米勒说："伟大的可汗，您真有见识，有思想，不过……"

夏拉·蛄尔古怒道："你不要吞吞吐吐，我知道你是想说洪古尔武艺高强，天下无敌，我就偏偏不信。你不要扰乱我的决心，给我滚出去！"

众人见夏拉·图希米勒碰了个大钉子，也就没有人敢说话了。于是他派手下大力士高举起大旗，召集起大军，又展开中旗召集起中军，展开小旗召集起小军，将队伍分成五百个队，匆匆地向宝木巴进发。

魔鬼大军所过之处，青草地变成了沙漠，大海成了污浊的泥淖，青山变成秃头，河道干涸断流。夏拉·蛄尔古鼓励他的军队："宝木巴有吃不完的鲜肉、喝不尽的美酒，还有天仙般的姑娘，你们谁先到，抢到的东西就归谁所有。勇士们，快冲呀！"

在夏拉·蛄尔古的鼓动下，他的军队加快了行进的步伐，三个月就来到了宝木巴地界。夏拉·蛄尔古率军队第一个去进攻美男子明颜的领地。明颜见他人多势众，就主动带着人马撤离了家园。

然后，夏拉·蛄尔古又沿着阿尔其图淤檀山，去进攻阿勒坦·切吉。因为老英雄不在家，没人出来组织抵抗，夏拉·蛄尔古又轻而易举地得手。之后他又沿着黑海南下，又顺利地占领了古赞·贡贝的草场。

夏拉·蛄尔古的大军又扫清了几处要塞的守军，以迅雷不及掩耳之势逼近黄金宫殿。守殿的卫兵站在高高的瞭望台上，看到敌人黑压压地朝这里涌来，慌忙向洪古尔禀报。

洪古尔听说大批敌人兵临城下，忙去大庙向执法大喇嘛格斯贵请求帮助。大喇嘛立即让察甘·满吉喇嘛到屋顶吹响大海螺，召唤七十二个可汗的工匠来集合，为黄金宫殿筑起钢铁栅栏。

洪古尔来到宫里的库房，找到了乌宗·阿勒达尔汗曾经使用过的宝弓。这张弓的弦要五百个大力士才能拉开，一次可以射出三十支箭。有了这张宝弓，他觉得自己身体里有了七万个勇士的力量，于是他拿着弓到门口迎接敌人到来。

铁栅栏刚刚完工，夏拉·蛄尔古的军队就团团围了过来，他们高声叫嚣着要活捉洪古尔。

洪古尔在栅栏后拉开宝弓，一齐射出三十支箭，穿透了五十个敌人的头颅。他接连射了几次，次次箭无虚发。敌人死的死，伤的伤，自相践踏死了一大片。敌人以为是神，吓得七天七夜不敢靠近。到了第八天，敌人又偷偷地围了上来，他再一次弯弓搭箭，又射穿了八十个敌人的头颅，敌人又被吓得七天七夜不敢前进。

夏拉·蛄尔古见自己的队伍难以靠近宫殿，就命令阴险狡猾的谋士夏拉·图希米勒去想办法。

夏拉·图希米勒挑出七十二个人站成一排，用他们的身体来做挡箭牌，他则躲在这些人的后面，待靠近栅栏后，他偷偷地向洪古尔射出暗箭。此人的箭术也非同一般，百步之外可以射中麻雀的眼睛。利箭呼啸着向洪古尔飞去，射中了他的左臂。

洪古尔一把将箭拔去，继续用硬弓还击敌人。过了一会儿，他就觉得肩膀发麻，浑身发热，头晕眼花，似乎有许多小虫在身上乱爬。他感到命在旦夕，于是高声地呼唤起江格尔的名字："圣主江格尔——江格尔——"他以为江格尔能够听到他的呼声，会快快地赶回来相救。可是江格尔此时已经走过了八千座高山，渡过了八十二片海洋，根本不可能听到洪古尔的呼唤。

阿拜·格日勒见洪古尔受伤，不顾自己的安危冲到他的身边，先是给他吃下神药，接着又为他包扎好伤口。之后，她拿起一把大刀，要与洪古尔一起抗御入侵之敌。阿拜·格日勒的行为感动了洪古尔，他把夫人送进宫门，又拿着弓箭去迎战敌人。

铁青马见洪古尔脱不开身，便躲开敌人追击，飞驰到洪古尔的领地，它很远就看到主人的房屋已被夷为平地，到处是一片狼藉。格孜仁娜忧伤地在废墟前独自徘徊。

铁青马奔到格孜仁娜身边，跪下前肢对她说："夫人，你赶快骑到我的背上，跟我去见主人吧。"

格孜仁娜见了铁青马，激动的泪水夺眶而出，急切地问铁青马洪古尔的安危。铁青马告诉她洪古尔还活着，但是情况十分危急，她忙揩去脸上的泪珠，将洪古尔的钢鞭挂在鞍鞒上，拍了拍铁青马的脸颊，道："你赶快回到主人身边，告诉他要以宝木巴为重，让他别牵挂我。"

铁青马见格孜仁娜不愿意跟它一起走，跪在地上就是不肯起来。

格孜仁娜见铁青马如此固执，急得她也跪了下来，对铁青马央求道："铁青马呀，我求你了，你还是赶快回到主人身边去吧。圣主江格尔不在家，你的主人独自承担着保卫宝木巴的责任。我知道，只要他的心脏没有停止跳动，他就一定不会退缩的。即使我没有了，他也能找到与我一样美丽的夫人。我求你千万别再耽搁了，还是尽快回到他的身边去吧。"

铁青马听了夫人深明大义的话，感动得热泪盈眶，它站起来向夫人点了点头，放开四蹄就向黄金宫殿奔去。敌人见是洪古尔的坐骑，于是嚎叫着想捉住它。铁青马为了引开敌人，故意往山上跑去，敌人不愿意放弃这匹骏马，就一直在后面追了几百贝热远，但是始终没有追上。

铁青马甩掉穷追的敌人，绕道跑回洪古尔身旁，向他转述了格孜仁娜说的话。洪古尔心里顿时有了八千个摔跤手的勇气，身上增添了七万个勇士的力量，他高呼着宝木巴的战斗口号，冲出宫门与敌人展开了激战。他挥舞着钢鞭左冲右突，好像猛兽进了羊群，打得敌人丢盔卸甲，鬼哭狼嚎。最后，他将夏拉·蛄尔古拎下了马鞍。

敌人见夏拉·蛄尔古可汗被俘，忙围过来营救，八千个铁钩钩住洪古尔的肋骨，六千把宝剑在他的头顶上寒光闪烁，七十二条长枪刺向他的肚皮，在混战中，他们硬是将夏拉·蛄尔古抢走，并围着洪古尔发疯似的咆哮。

在此关键时刻，铁青马突发神威，它用铁蹄踢倒逼近面前的敌人，用钢牙咬碎了几个敌人的头颅。洪古尔也用长枪挑死了几十个敌人，但是敌人的八千个铁钩、六千把宝剑依然紧紧逼向他。他在心里发誓："我宁可战死，也不能做敌人的俘虏，不能给宝木巴带来耻辱。"想到这里，他如雄狮般咆哮了一声，敌人如五雷轰顶，吓得纷纷倒退。折断了敌人八千个铁钩、六千把宝剑，他终于冲出了枪林和刀丛。

洪古尔此时已是遍体鳞伤，精疲力竭了，他决定去找回江格尔。只有找回江格尔，宝木巴才会有希望。

洪古尔骑着铁青马越过崇山峻岭，渡过波涛汹涌的河流。但是前方唯一的道路已被敌人阻断，他们狞笑着吼道："洪古尔，你已经不是什么人间雄狮了，你现在成了一条丧家之犬，你已经无路可逃，还是快快下马来投降吧！哈哈——"

洪古尔听到这话，气得胸口一阵剧烈疼痛，他觉得腹中有东西在往上涌动，忍不住"哇"地吐出一口鲜血，突然从马背上一头栽了下去。

敌人见洪古尔栽下马背，便一拥而上摁住他，用胳臂粗的铁绳将他捆了起来，拖上大铁车拉到红海边。洪古尔这个举世无双的英雄，被敌人扔进了海底的七层地狱。

海底地狱设置了七十二道关卡，有八千个妖精负责看管，下了地狱的人每天都要被他们轮流抽上一皮鞭，还要剐一刀，让关进地狱的人受尽百般折磨。

洪古尔被关进海底地狱之后，魔鬼的军队趁势洗劫了宝木巴，他们摧毁了江格尔的黄金宫殿，将白头山夷为平地，用黄沙填平了宝木巴海。他们赶走马群，掳走人口，没放过一条母狗，也没有留下一个孤儿。阿拜·格日勒夫人和七十二个可汗的妻子，被串在一条绳子上掠走。宝木巴的牧民全部被驱赶到寸草不生的戈壁滩上。

话说江格尔离开宝木巴之后，漫无目的地四处游荡，没有了繁杂的政教事务，他觉得心情无比地轻松愉快，体会到了自由的幸福。他骑着阿冉扎勒走在一个

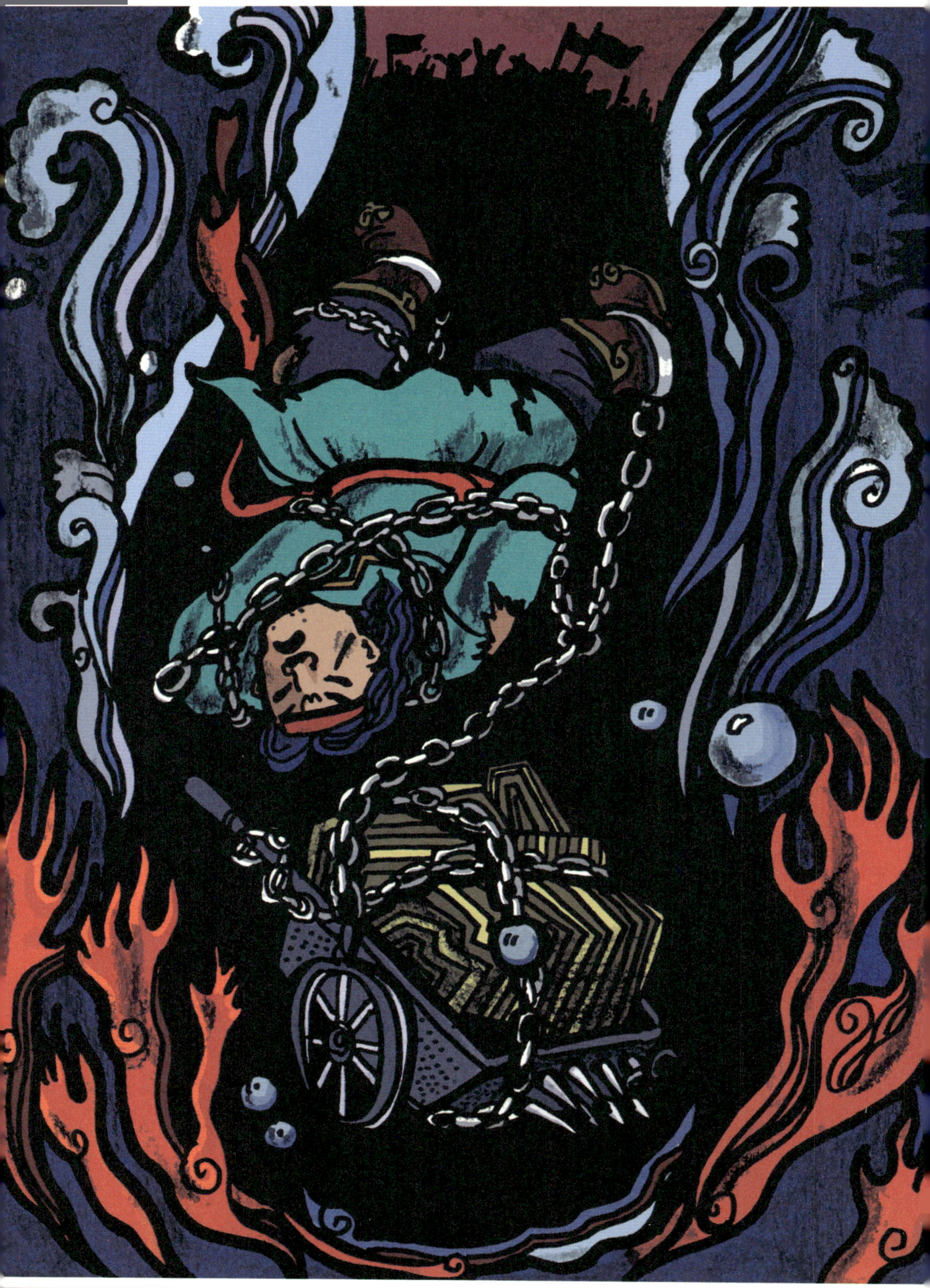

绿草如茵、鲜花盛开的地方。这里空气清新，鸟语花香，令人心旷神怡，飘然欲仙，他忍不住唱起了长调民歌。

阿冉扎勒也和着他的歌声，踏着有节奏的碎步，沉浸在自然美景中。

江格尔信马由缰来到一座青山前，忽然发现在青山碧水间，耸立着一座金灿灿雄伟壮丽的宫殿。可是这宫殿出奇地沉寂，不见一个人一条狗，静悄悄仿佛是在月球上。他慢慢地向宫殿走去，一直到了宫门口，也没有遇到一个人。他觉得十分奇怪，便沿着墙根蹑手蹑脚地来到后院，站在一个紫檀木的窗前，透过窗纱往里张望。

屋里有一个妙龄少女，正端坐在花毡上飞针走线，绣着一只烟荷包。纤纤十指在花绷上如蜻蜓点水，绕得江格尔眼花缭乱。一头油亮乌黑的头发，宛如山间飞瀑；白如凝脂的脸庞如雪山冰峰；小嘴唇涂着山花的朱红，如野罂粟般娇艳妩媚；耳朵上吊着的金耳坠，闪烁着耀眼的光芒。

江格尔看到少女的腰间，也掖着一块与自己一模一样的黄绸手帕，这手帕象征胜利和幸福，他觉得非常奇怪，心想，这个少女难道与自己前世有缘吗？他在窗外徘徊良久之后，终于鼓起勇气推开窗棂，壮着胆子走到姑娘面前问候道："姑娘，你好！"

少女冷不防见一个陌生男人闯进来，吓得浑身一哆嗦，张嘴就要喊叫。江格尔迅速用大手捂住少女的小嘴，小声地说："姑娘别害怕，我是宝木巴的江格尔汗。"

少女还是吓得瑟缩发抖。

江格尔见少女紧张的样子，忙微笑道："姑娘真的别害怕，

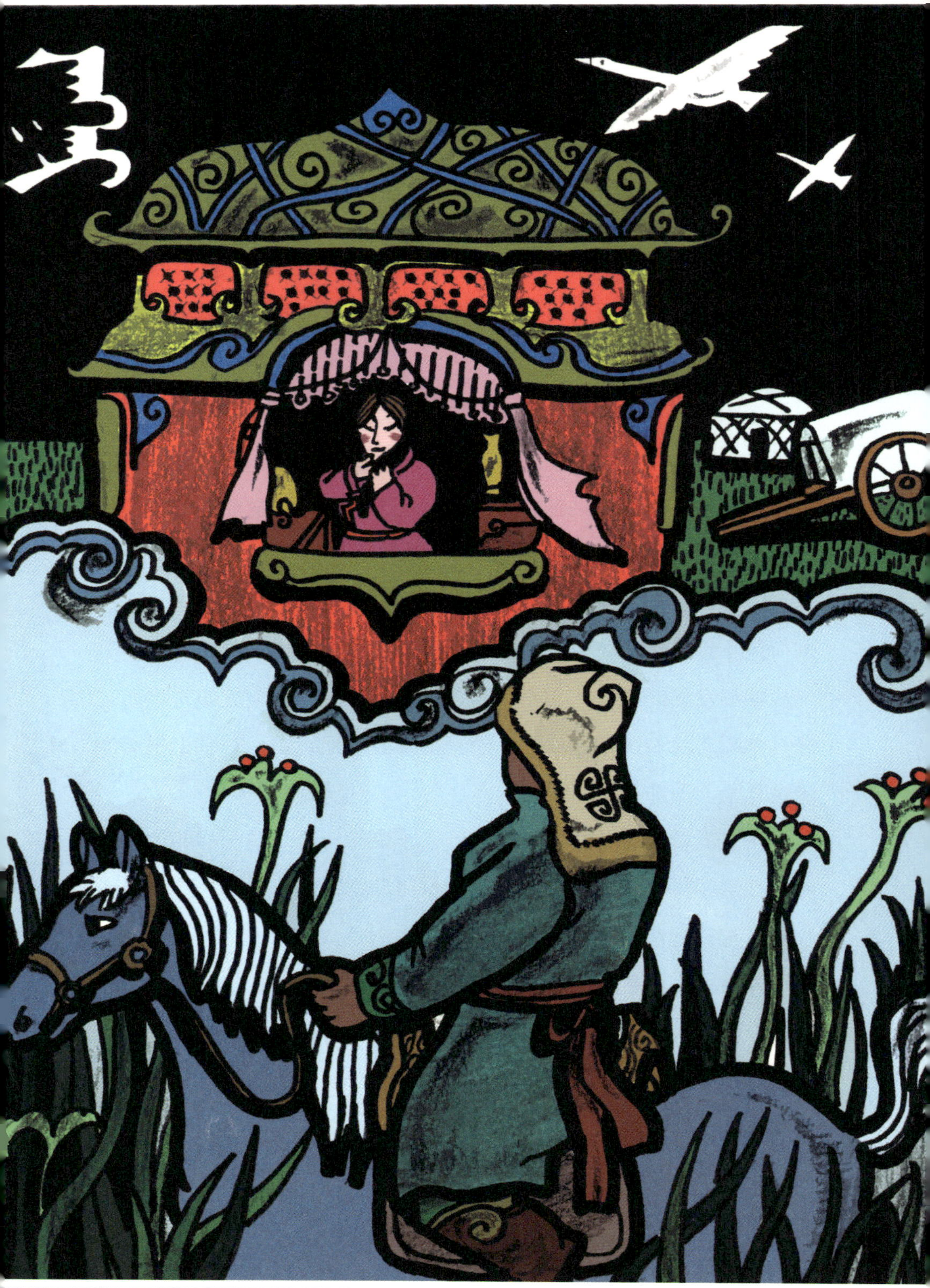

请原谅我的鲁莽，我说的都是真的。"

少女听说过宝木巴的江格尔汗，她抬头看到江格尔熠熠发亮的眼睛，忙羞涩地低下头。停了停，她拨开了他的手，抬起头看着他，狐疑地问道："你说的可是真的？"

少女的明眸，让江格尔不禁怦然心动，突然觉得心里有几头小鹿在乱撞，浑身血流加快，心里一瞬间产生了强烈的渴望，恨不得立即就将姑娘拥入怀中。他咽下一口唾沫，忍着强烈的冲动，小声地问道："姑娘，你怎么一个人守在屋里，家里的大人呢？"他觉得自己的声音有一点颤抖。

"我父亲外出狩猎，前几天姥姥病了，要母亲回去看看，所以家里就剩我一个人了。"

江格尔听少女说家里无人，英雄血再一次沸腾起来，他向少女敞开了心扉，说出了自己独自出走的原因："我天天忙于宝木巴的政教大事，身心疲惫，心烦意乱，感到灵魂没有依托，所以我想出来走一走，看一看，看看天地究竟有多大，我的灵魂将皈依何方？"

少女静静地听着江格尔优美的声音。

江格尔见少女像小鹿一样目光纯净，便问："你叫什么名字？"

少女终于勇敢地抬起头来，盯着江格尔："我叫乌云其其格。"

江格尔微笑起来："哦，是一朵智慧的花朵啊。"接着他对乌云其其格说："孤独的鸟儿飞不远，没有伴的马要受狼欺，你就不觉得害怕吗？"

乌云其其格说："我不怕。"

江格尔抽出腰间的黄手帕："你看，我也有一块与你同样的黄手帕，说明咱俩天生就有缘分吧。"

少女见到那块黄手帕，也觉得好生奇怪，心想世界上竟然有如此巧事，她不禁莞尔一笑，粉脸上升起了一团红云。

少女的娇羞点燃了江格尔的激情，也激荡起他的勇气，他一把拉起姑娘白皙的小手，激动地说："我俩一定是有缘之人，不然怎么会有同样的手帕？现在我俩都非常孤独，请跟我一起走吧，我会给你幸福和快乐的。"

乌云其其格的手第一次与异性接触，刹那间觉得浑身涌起一股暖流，头脑里突然出现了一种莫名的眩晕，不由自主地就跟着江格尔走出屋去。

阿冉扎勒见主人牵着一个姑娘的手出来，明白了主人的心思，忙快步跑到他俩面前，驯顺地摇动着尾巴。江格尔将乌云其其格抱上马背，然后自己也跨了上去。阿冉扎勒驮着他俩跑了七天，来到一处僻静的湖畔。

江格尔觉得这里环境安静优美，决定就在这里住下来。他去山坡上搬来石头砌了一间小屋，用桦树和松树枝盖上屋顶。

有了安身之所，乌云其其格坚持要与江格尔举行一个仪式，不然就不与江格尔一道走进洞房。江格尔痛快地答应了她。两人来到湖边，跪在地上虔诚地念了六字真言，求佛祖保佑平安，然后拜了天地，又拜了山神水神。

在神灵面前，原本陌生的两人，从此就成了最亲密的伴侣。这种亲密关系，甚至超过了血肉相连的生身父母。

江格尔与乌云其其格就这样过上了平民的生活。白天，他外出打猎，常常猎获一些梅花鹿、雪豹、黑熊。到晚上，乌云其其格就给他煮上或者烤上，陪着他喝酒吃肉。吃不完的肉就割成条晾在外面，风干后以备不时之需。

　　一天，在乌云其其格的一再追问下，江格尔说出了独自离开宝木巴的原因。原来他是对日复一日、年复一年的同样生活，感到厌倦了。政教的责任，如一座沉重的大山压得他几乎喘不过气来。他需要自由，需要清静，需要休息。虽然他的身份与众不同，但依然有一颗平常心。现在，他摆脱了世俗的烦恼，脱离了尘世的喧嚣，与乌云其其格相依相伴，送走太阳又迎来月亮，尽情地呼吸着自由的空气，享受着爱情的甜蜜，这就是他一直渴望和追求的生活。

　　光阴荏苒，日月如梭，转眼间就过去了十个月，他俩在愉快和甜蜜中，很快就有了爱情的结晶。乌云其其格生下了一个白白胖胖的儿子。江格尔欣喜若狂，用宝剑割断他的脐带，抱着他跑到山上，要山神保佑他长得像山峰一样高大强壮，并为他起名叫硕布术尔。江格尔虽然疼爱他，但从来不娇惯他，儿子满月后，就抱着他跟随自己上山打猎。

　　在硕布术尔两岁时，有一天他独自到东山去打猎，忽然见有烟尘滚滚，他好奇地站在路边想看个究竟，等烟尘越来越近，才看清是十七匹骏马在奔驰，骑马人个个风尘仆仆。其中有一匹躯干比别的马长一庹的乌龙驹，有着大象般的蹄子，六拃长的耳朵，马背上坐着一个高大如山的壮汉。

　　硕布术尔看到这位勇士，忍不住对他的体魄和黑马赞扬了几句。

勇士古赞·贡贝见到硕布术尔，觉得有些奇怪，这小孩怎么骑着阿冉扎勒，便停下来问道："小孩，你是谁啊？"

硕布术尔见到陌生人并不惧怕，仰着头答道："我是阿爸的儿子啊。"

古赞·贡贝忍俊不住道："你又不是从石头缝里蹦出来的，我当然知道你是阿爸的儿子。我是问你的阿爸是谁？"

"我不知道，只听阿妈叫他'孩子他爸'。"

古赞·贡贝又问道："那你为什么骑着江格尔的神马？"

"谁是江格尔，我不知道呀？"

"这匹马的主人就是江格尔，难道是你害死了他吗？你将他的白骨抛弃在哪个山麓？"古赞·贡贝急道。

硕布术尔镇定地回答道："我还不知道父母亲的姓名，也不知道什么是阿冉扎勒。我与阿爸阿妈就居住在湖边的石屋里。各位勇士，你们这是要到哪里去啊？"

古赞·贡贝说："我们是勇士，是从夏拉·郭勒河的三王那里征收赋税刚刚返回。小孩，我现在送一匹小马给你，你把现在骑的马还给你阿爸。"说完，挑了一匹红色儿马送给了硕布术尔。

硕布术尔晚上回到家，江格尔见他牵着一匹小红马，以为是他偷来的，于是声色俱厉地质问道："快说！这匹小马是哪里来的？"

硕布术尔："是一个过路的勇士送给我的。他高大得像一座山，说让我把阿冉扎勒还给你。"

江格尔不相信硕布术尔说的话，继续怒斥道："你小小年纪居然就学会了偷东西，而且还敢用谎言来欺骗我，你是不是想毁了我的好名声呀！"说着就摁倒儿子，在他背上抽了二十马鞭，又在他的前胸抽了十马鞭。

硕布术尔忍住委屈和疼痛，拣起打落在地上的银盔戴到头上，不声不响地牵着小马饮水去了。

第二天，硕布术尔又早早地出了门，骑着阿冉扎勒到西山去打猎。他正在山坡上追逐一只小梅花鹿，忽见远处尘土飞扬。他站在路边，很快有一队骑马人来到他的面前，为首的是阿勒坦·切吉老人。

阿勒坦·切吉一眼就认出了阿冉扎勒，可是马背上骑的是一个陌生小孩，于是勒马问道："小孩，你是什么人？你父母是谁啊？"

硕布术尔又如昨天那样做了回答。

阿勒坦·切吉听了什么也没说，拿出一支翎羽青鈚箭交给了硕布术尔，叮嘱他拿回家去一定交给他阿爸，他说："你父亲一看这个，就知道我是谁了。"说完，带着人马匆匆地走了。

到了黄昏时分，硕布术尔扛着两只梅花鹿，高高兴兴地进了家门，一进门就拿出翎羽青鈚箭交给江格尔。

江格尔一眼就认出了这是阿勒坦·切吉的箭，急忙拉着硕布术尔的手追问送箭人的情况。硕布术尔重新讲述了昨天的那个壮汉，以及今天那个和蔼的老头。

江格尔听完儿子的讲述，知道是自己错怪了他，将他搂进怀里，抚摩着他的头说："你是个好孩子，是阿爸错怪你了。"

江格尔睹物生情，突然怀念起宝木巴和阿拜·格日勒夫人、雄狮洪古尔和众位大巴特尔，以及宝木巴的全体人民，他顿时百感交集，不禁潸然泪下。

硕布术尔见父亲默默地垂泪，以为是自己惹父亲生气了，眨巴着大眼睛说："阿爸，你不要伤心，我以后一定听你的话，再不惹你生气了。"

江格尔摸着儿子的头，对他讲述了宝木巴和自己的家史，以及洪古尔等英雄们的故事。

这时，阿冉扎勒在门外大声嘶鸣并开口道："我的主人，你是宝木巴的可汗，为什么不顾念自己家乡的父老乡亲，而是一个人来这里享清福？我是一匹骟马，还知道自己身上的责任，我是要为宝木巴而生，为宝木巴而死。"

江格尔听了阿冉扎勒的话，内心受到很大震动，他到门外拍着阿冉扎勒的脖子："亲爱的朋友，你的话很对，我不应该忘记自己的责任，我们立即就回宝木巴去。"

阿冉扎勒说："我听说宝木巴遭到了前所未有的大劫难，人民流离失所，你的九彩十层宫殿已经变成废墟。"

江格尔一听大为震惊，他万万没想到会发生这样的事情，于是抱起金鞍就往阿冉扎勒背上套，恨不得立即就飞回去。可一转身瞥见硕布术尔正眼巴巴地望着他，他心里又留恋不舍，急得来回踱着步，想着安顿乌云其其格和儿子的办法。

阿冉扎勒见江格尔犹豫不决，怕他又改变主意，于是用力地刨了几下巨蹄，飞起的沙石打在江格尔的脸上，他猛然一惊，明白了阿冉扎勒的意思，于是将硕布术尔叫到面前，说："儿子，为了我的故乡宝木巴，我现在必须得走了。你的母亲因为是私自出走的，现在已经不可能再回娘家去了，你就送她去你的舅父沙金梯巴可汗那里吧。"

硕布术尔坚决地说："没有父亲的羔羊要受狼欺，没有父亲的马驹难以远行，我一定要跟父亲在一起，成为一个像父亲一样伟大的人。"

硕布术尔的话让江格尔大为震撼，他也觉得宝木巴的子孙不能没有故乡，江格尔的儿子不能成为孤儿，于是他答应带硕布术尔回宝木巴去。

江格尔进屋对乌云其其格说出了自己的打算。

乌云其其格觉得忽如五雷轰顶，她一头扑进江格尔的怀里，哭道："只要你能带我同去宝木巴，能与你和孩子在一起，我不要名分和荣华富贵，即便给你们当牛做马也心甘情愿。不然就请你继续留下来，我可以求可汗哥哥划出一块领地给你。"

江格尔见乌云其其格悲痛欲绝的样子，想起与她在一起恩恩爱爱的日子，现在怎么能说走就走呢？可是，如果要带她去了宝木巴，阿拜·格日勒又会怎么想？乌云其其格也不能没有名分啊。他脑子里一团乱麻，怎么也理不出头绪来。见乌云其其格伤心的样子，他又迟疑起来。

阿冉扎勒见江格尔与乌云其其格相拥在一起，怕主人动摇决心，它用力地喷了一个响鼻，一声巨响将江格尔从温情中惊醒过来，他猛地推开乌云其其格，头也不回地出了石屋，对儿子硕布术尔说："你先陪你母亲去舅舅那里，然后再到宝木巴来找我。"

"我怎么知道去宝木巴的路呢？"硕布术尔问道。

"你骑上那匹红色小马，拿着那支翎羽青鈚箭，红马自然会给你带路的。"江格尔说罢，跨上阿冉扎勒绕着石屋转了一圈，绝尘而去。

踏上了回家的路，阿冉扎勒显得格外精神。离开宝木巴快三年了，确实也有点归心似箭，它不等江格尔催促，就迈开大步奔跑起来，不到两个月就来到了宝木巴的土地。

江格尔登上阿勒泰山顶，宝木巴的景象让他惊愕万分，映入眼帘的竟然是一片难以想象的荒凉。他不禁喟然长叹，怨自己不该弃宝木巴人民于不顾，推卸肩上的责任。他郁郁地下了山，跑了不少的路，才看到一顶破旧的毡房。他来到门口敲了半天门，一个白发苍苍的老人颤巍巍地走出来。

江格尔忙上前给老人施礼，拉着他的手问道："老人家，宝木巴怎么成了这个样子？人们都到哪里去啦？"

老人没有认出江格尔，他长叹了一口气，道："唉——我们的圣主江格尔好日子过腻了，他离开了自己美丽的妻子，抛弃了拥戴他的百姓，告别了生死与共的兄弟，一个人不知跑到哪里去了。在他走后没多久，他的大巴特尔们也就各奔了东西，这时候，魔鬼夏拉·蛄尔古率领七百万军队来攻打宝木巴，洪古尔一个人与他们打了十几个昼夜，最后被魔鬼俘虏，拉去投入了红海海底地狱。"接着叹道："唉，不知道什么时候我们才能重新过上好日子哟。"

老人的话像一根大棒敲在江格尔头上，他突然觉得汗毛倒竖，心如针刺，深深地为自己的自私行为感到愧疚。他忙宽慰道:"老人家,你放心吧,我保证以前的好日子还会回来的。"

老汉没想到眼前这个年轻人说话的口气这么大,诧异地问道:"你是什么人,为什么敢说这样的大话?"

"我是江格尔,我回来了。"江格尔握着老人的手说。

老汉揉了揉昏花的眼睛,终于认出了江格尔,他一把抱着江格尔,激动地说:"啊呀,你真的是江格尔啊!我们盼星星,盼月亮,终于把你盼回来啦!"说着两行浊泪顺着条条皱纹流了满脸。

江格尔问清了魔鬼囚禁洪古尔的地方,他决定先去救出洪古尔,然后召回那些大巴特尔,有众人相助才能最终战胜魔鬼,宝木巴才有希望。他告别了老人,骑着阿冉扎勒匆匆地奔红海而去。

江格尔在海岸边寻找了七七四十九天,终于找到了地狱的入口,然后打发阿冉扎勒回宝木巴,等候硕布术尔。一切安排就绪以后,他拿出用几十峰骆驼毛编成的绳索绑在自己腰上下了地道。

话说硕布术尔送母亲来到舅舅家,没住几天就急着要走,母亲和舅舅极力相劝也没能留住。他骑着小红马走了三个月,终于来到了宝木巴。他转悠了好一阵子,才看到那顶破毡房,及毡房前的阿冉扎勒。他以为父亲在毡房里等他,于是大叫道:"阿爸,我是硕布术尔,快开门吧。"

阿冉扎勒见到硕布术尔,高兴地对他点点头,喷着响鼻表示打招呼。

硕布术尔拍了拍阿冉扎勒的脸颊,便去使劲敲门,并高喊

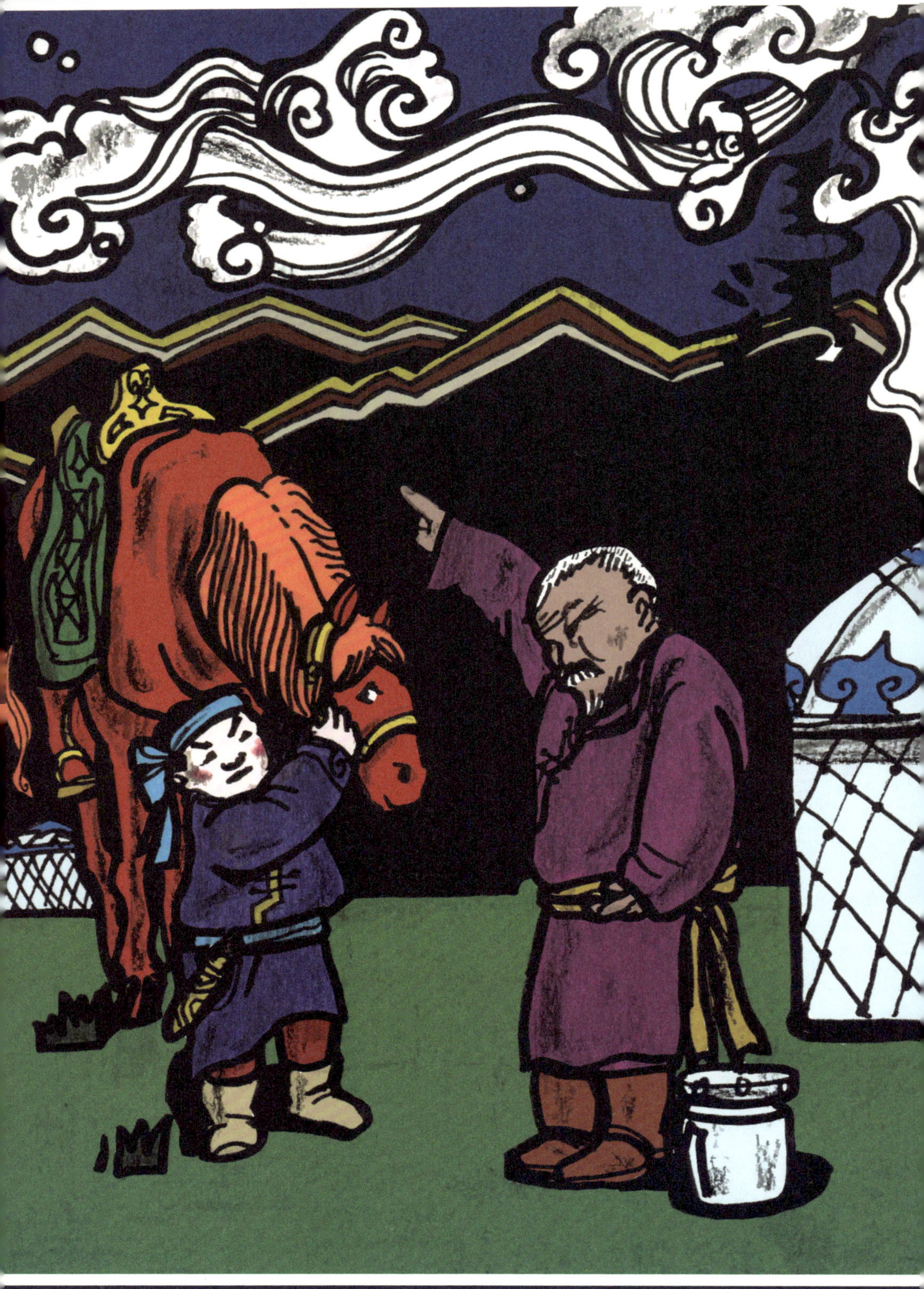

道:"屋里有人吗?快把马缰绳放开!"

老汉开门出来见是一个小孩,诧异地问:"你是谁呀?不说清楚我是不会听你的,只要我活着,这马就绝不会放开。"

"我是江格尔的儿子。"硕布术尔理直气壮地说。

"你是他的儿子?以前怎么没有听说过。"老汉疑惑地说。

硕布术尔说:"以前没有不等于现在没有,你还是赶快把阿冉扎勒给我吧。"

老汉说:"你是怎么找到这里的?"

硕布术尔说:"我踏着阿冉扎勒三个月前留下的脚印来到宝木巴的。老人家,你快把缰绳放开吧。"

老汉仔细端详着他,说:"看你的模样,也不像是个坏人,你拿什么来证明你是江格尔的儿子呢?"老人还是有一点怀疑。

硕布术尔想了想,转向阿冉扎勒:"阿冉扎勒,你说我是不是江格尔可汗的儿子?"

阿冉扎勒点了点头,伸出舌头舔了舔硕布术尔的脸颊。

老汉看阿冉扎勒对孩子如此亲热,也就打消了心头的疑虑,说:"那就算你是江格尔可汗的儿子吧。我告诉你,他现在到红海救洪古尔去了,那你也去吧,希望你凯旋。"

老汉解开阿冉扎勒的缰绳,将它交给硕布术尔。硕布术尔一跨上马背,它就放开四蹄飞奔起来,半天就走完了一个月的路程,半个月就走完了一年的路程。翻过七重大山,跨过三条大河,他来到一处戈壁滩。那里的人一眼就认出了阿冉扎勒,可是看到骑马的是个陌生的小孩,他们以为江格尔已经遇害了,都忍不住悲伤地哭了起来。

硕布术尔见人们痛哭流涕，感到有些莫名其妙，惊讶地问道："你们为何如此伤心？"

听了硕布术尔发问，一个胆大的人说道："我们是江格尔的臣民，是暴君夏拉·蛞尔古把我们赶出了宝木巴，因为看到阿冉扎勒，所以就想起了我们伟大的江格尔，不知道他现在是死是活，为什么还不来拯救我们。"

硕布术尔听说这些都是父亲的臣民，再看他们个个蓬头垢面、衣衫褴褛的样子，心里十分的不忍。他想，现在只有制服魔鬼，才能拯救这些人脱离苦海。他问清了去夏拉·蛞尔古宫殿的路，就骑着阿冉扎勒奔那里去了。

一天，硕布术尔来到一座山麓下，一个少年骑着马迎面而来，那焦急的样子仿佛是赶着去救火。硕布术尔叫住他问道："喂，朋友，你为什么走得那么急，难道家里发生了什么大事吗？"

少年匆匆地对硕布术尔说："我有急务在身，请让开。"

硕布术尔说："没关系，说不定我还能帮你的。"

少年看了他一眼："我是去通知我们宝木巴的人，要他们起来反抗夏拉·蛞尔古这个魔鬼。过去我们生活在四季如春的宝木巴，夏拉·蛞尔古强迫我们改变祖宗信奉的佛教，不准我们去为佛祖添灯熬茶，还要我们去为他打仗，抢夺别人的财物。现在我们的三十五个勇士已经聚集到一起，要与魔鬼展开一场决战。"

硕布术尔高兴地对少年说："我就是江格尔的儿子，我愿意与你们一起干。"

少年惊讶地"啊"了一声，激动地说："你真的是江格尔的儿子吗？那好，咱们就一起干吧。"

硕布术尔道:"我在塔比吐拉河的岸边见到有五百万牧民,他们说原来都住在宝木巴,你现在去通知他们迁回家乡。我去见那三十五个勇士,一起去找夏拉·蛄尔古。"

少年听从硕布术尔的安排,骑马走了。

硕布术尔很快来到三十五位勇士面前,众英雄一听他是江格尔的儿子,抱着他就是一阵亲吻,决定与他一道去战胜恶魔夏拉·蛄尔古。

夏拉·蛄尔古听法师说江格尔的儿子和他的勇士们要来决战,立即在山前摆开了几十贝热长的阵地。

硕布术尔与勇士们来到阵前,议定由古赞·贡贝进攻左翼,阿勒坦·切吉进攻右翼,硕布术尔与萨布尔进攻中路。进攻路线确定以后,勇士们高呼着宝木巴的战斗口号,开始向敌人发起冲锋。

经过五个昼夜的激烈鏖战,勇士们砍断了敌人的四十四根旗杆,摧毁了敌人的四十四座堡垒,一个个几乎成了血人,身上的血渍浸红了盔甲。

夏拉·蛄尔古见势不妙,调来更多的军队包围了勇士们,加紧了对他们的围攻。三十五个勇士原来的组合被敌人冲散,只剩下老英雄阿勒坦·切吉和小英雄硕布术尔两人在一起。

硕布术尔初生牛犊不怕虎,发誓要亲自与魔头夏拉·蛄尔古决战。他在敌群中跑了几圈没有见到魔头,猜他有可能回到自己的宫殿去了,于是骑着阿冉扎勒向他的宫殿追去。阿勒坦·切吉见他独自去找夏拉·蛄尔古,有些放心不下,就尾随在他后面。

硕布术尔来到夏拉·蛄尔古的宫门外高声叫骂道:"夏拉·蛄

尔古,你给我听着,我是江格尔的儿子,在我还没有出生的时候,你侵占了我的家乡,现在它的主人已经回来,你快从女人的裙子底下钻出来吧,赶快出来与我较量。"

夏拉·蛞尔古听到一个小孩在门外叫骂,觉得这孩子也太猖狂,匆匆地出了宫门,站在铁栅栏内大喊道:"是哪里来的小毛孩敢在我的门前撒野,当心我把你撕来吃了!"

硕布术尔见魔鬼夏拉·蛞尔古出来,便一纵身跳过铁栅栏扑上去拽住他的铠甲,一把就扯断了他的三十二个甲环。两人立即展开了生死搏斗。

起初,身材幼小的硕布术尔跳跃灵便、出手快捷,瞅准机会就出手,打得夏拉·蛞尔古晕头转向。夏拉·蛞尔古暴跳如雷,累得满身大汗也没能抓住他。两人搏斗了十二个昼夜,硕布术尔渐渐地有些体力不支。

阿勒坦·切吉见状,在一旁大声喊道:"硕布术尔,你父亲是天下独一无二的英雄,你是英雄的后代,绝对不能在魔鬼面前丢英雄的脸。你揪住他的腰带,钩住他的大腿,用胯骨抵住他的膈肌压倒他。"

硕布术尔按照老英雄的指点,终于用胯骨将夏拉·蛞尔古压倒,把他的头压进沙土里,迫使恶魔举手投降。

阿勒坦·切吉用牛毛绳捆绑了夏拉·蛞尔古的手脚,驮着他来到胡罕察干山,将他绑到一棵大松树上。见夏拉·蛞尔古被俘,阿冉扎勒高兴地仰天长嘶,那是在向勇士们发出冲锋信号。勇士们听到马的嘶鸣,一齐高呼着宝木巴的口号冲入敌阵。人人同仇敌忾,个个势如猛虎,打得敌人屁滚尿流,四散而逃。战斗

结束了，勇士们用鞭梢拴着敌人的头颅，高声唱起了胜利之歌。

阿勒坦·切吉对硕布术尔说："我知道你父亲现在很平安，你现在不必急着去找他，我们最好是先将这些俘虏押回宝木巴，等你的父亲回来再发落。同时赶快将胜利的消息告诉宝木巴人民，让他们尽快回到宝木巴，开始新生活。"

阿冉扎勒高兴地仰天嘶鸣。

在一间没有门窗的铁房里，关着洪古尔的白鼻梁铁青马，铁绊绊住它的四蹄，它已奄奄一息了。可是，当它听到了阿冉扎勒的嘶鸣，便突然为之一震，挣扎着站起来奋起后蹄就对着铁壁猛踢，将三层铁壁踢出一个大洞，它从洞里钻出，摇摇晃晃向阿冉扎勒奔去。

经历了战争的洗礼，经受了血与火的磨难，两匹亲密的朋友相见了，阿冉扎勒激动地又是一声长嘶，铁青马也想嘶鸣，可是它却没发出声来，只能亲昵地贴着阿冉扎勒的脸颊，潸然泪下。

硕布术尔率领勇士们来到夏拉·蛣尔古的宫殿，救出了阿拜·格日勒夫人和其他宝木巴妇女，然后将俘虏集中在一起，厉声说："你们听着，魔头夏拉·蛣尔古已经被我俘虏，如果你们想要活命，那就归顺我们宝木巴，做江格尔汗的臣民。"

俘虏们齐声答应愿意归顺江格尔。硕布术尔让萨纳勒在他们的脸颊上烙上宝木巴的火印。

勇士们将夏拉·蛣尔古五花大绑地捆在马背上回到宝木巴。

人们听说夏拉·蛣尔古被俘，纷纷从四面八方跑来观看，见魔头被关在山洞里，每天有五百人轮流抽他一鞭，无不拍手称快。

阿拜·格日勒夫人回到宝木巴，看到黄金宫殿彻底被毁，不禁悲从中来，她心里虽然对江格尔略有一些埋怨，但她坐在毡房中的身姿仍是那样端庄。硕布术尔向她正式行了见面礼，并详细地述说了自己的身世。阿拜·格日勒夫人见到这个聪明伶俐、勇敢坚强的孩子，一下子喜欢上了他，她将硕布术尔搂在怀里，慈爱地抚摩着他的头顶说："你父亲江格尔现在还没有消息，不知道他何时才能回来，我看你现在就去你舅舅家，将你母亲接来这里吧。"

硕布术尔听了这话，一蹦子从她怀里跳起来拔腿就要跑。阿拜·格日勒夫人忙拉住他，叫人去拿来礼物，亲自送硕布术尔到门口，并且像母亲一样反复叮嘱他路上要注意的事情。

三个月过去，硕布术尔带着乌云其其格来到宝木巴。阿拜·格日勒夫人在五贝热远的地方迎接，她见乌云其其格确实非常漂亮、懂礼貌，在心里真诚地接纳了她，并为丈夫江格尔感到高兴。阿拜·格日勒比乌云其其格年长一岁，她自然就是姐姐了。

回到家，阿拜·格日勒举行了盛大的酒宴，一是为了庆祝征伐夏拉·蚝尔古取得了全面胜利；二是为了庆祝有了硕布术尔这个勇敢的儿子。勇士们围着她和硕布术尔坐了七圈，一同开怀畅饮，庆祝胜利。

宴会结束，阿拜·格日勒夫人要求阿勒坦·切吉、古赞·贡贝等人立即重修黄金宫殿。

第十回
江格尔舍身勇救洪古尔

江格尔心急火燎地来到红海边，经过一番周折找到了地狱，他用骆驼毛拧成的绳子坠下去。地狱里漆黑一团，他将宝玉噙到嘴里，这才看清了洞里的情况。

江格尔摸黑走了不知多久，终于在一个拐弯处，发现一道大红门，两个长得奇丑无比的小妖正抱着狼牙棒坐在那儿打瞌睡，他蹑手蹑脚溜进大红门，到了一个稍微宽敞的地方，见前面有两座小山在慢慢地移动。他觉得十分奇怪，便躲在暗处想看个究竟。等那两座小山移到面前一看，原来是一个小孩子在扛着小山玩耍。

江格尔拦住小孩和蔼地问道："小法师，我向你打听一个人，你知道洪古尔在哪里吗？"

小孩瞪着眼睛看着他，说："你说的洪古尔就关在下面的地狱里，每天有八千个差役轮流抽他一皮鞭，再剐他一刀，他身上的鞭痕像山坡上的沟壑，伤口像戈壁滩上的石头，可是他从来不喊疼，还常常呼唤着江格尔的名字。"

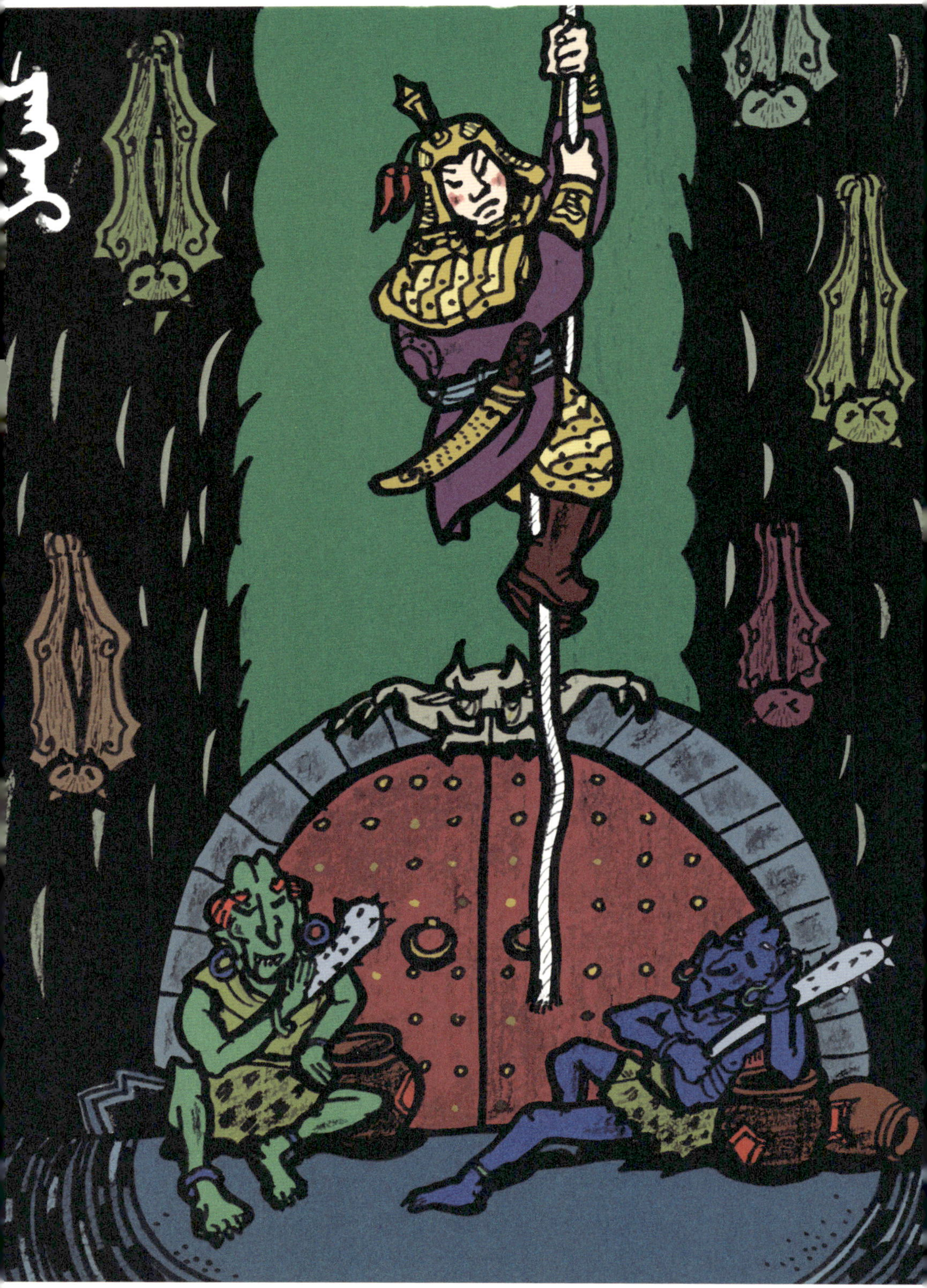

江格尔真是痛悔不已，忙对小孩子说自己就是江格尔。小孩子愿意给江格尔带路，没走多远又碰到一个小孩，他也愿意跟着一起去。

路上，他们见到一座毡房，可是毡房里没有人，屋中间只有一个火塘，上面支着一口大铁锅，牛粪还在冒着袅袅青烟。

毡房东墙边堆着梅花鹿的肉，西墙边放着麂子肉。俩小孩见有火有锅还有肉，高兴地问江格尔："我们可以煮来吃吗？"

江格尔："游牧人四海为家，只要人家不关门，谁进来谁就是主人，你们想吃那就煮吧。"他打了一个哈欠，说："你们自己煮吧，我去先睡上一觉。"说完就蜷缩在墙角的羊皮上睡了。

见江格尔睡了，两个孩子一个坐下烧火，另一个提来泉水，拿来鹿肉和麂子肉放进锅里。水刚刚烧开，一个老女人突然出现在门口，她眼窝深陷，眼珠闪着贼光，脸上爬满褶皱，嘴尖如鸟喙，脖子上青筋暴突，身子瘦得像饿了几年的羸羊。她气若游丝地说："小伙子，我饿得快要不行了，求你们赏给我一口饭吃吧。"

俩小孩打量了她一眼，看她确实有些可怜，就让她进了屋。老女人一进屋就主动地去烧火，要他俩去一边玩耍。俩小孩见她上了年纪，就放心地出去了。

老女人在他俩背后阴险地一笑。待肉刚刚煮熟，她急忙从怀里掏出一条皮口袋，连肉带汤倒进去背上就跑。过了一会儿，小孩回到毡房，一看老女人没了踪影，连锅里的肉也不见了。他俩懊悔地重新坐下来再煮肉。

他俩刚把肉放进锅里，江格尔就醒了。他以为小孩已经吃过,这是在为他煮的,于是说:"你俩已经吃饱了,那就快去睡一会,这让我自己来吧。"

两个小孩真是有口难辩,怕江格尔误认为他俩贪婪,只好忍着饥饿睡下了。

江格尔正在煮肉,回头见一个老女人站在门口哧哧地笑,有些诧异地问:"俗话说,逢哭要教训,逢笑要询问,老太婆,你为什么在那里笑个不停?"

老女人走进毡房,指着俩小孩,说:"我笑这两个倒霉的孩子,你叫他俩煮肉,怎么到现在还没煮好啊。去,你去打水,我来帮你煮吧。"老女人随手给了江格尔一个无底的水桶和有洞的小水勺。

江格尔不知道老女人会耍阴谋诡计,提着水桶就出了毡房。见地上有一条红口袋,他拿起来一看,见里面有一根用人筋拧成的绳子和一把铁锤,他知道这是魔鬼使用的东西。他看看周围无人来往,就将红口袋藏了起来,将一只鹿皮口袋扔在路上,又扔掉水桶和木勺,躲在毡房外面偷看老女人的举动。

当肉将要煮熟时,老女人一摸怀里没了红口袋,贼眼睛扫了一眼毡房,匆匆地出门捡了鹿皮口袋就回到屋里,以为江格尔没看到,就将鹿肉往口袋里捞。

江格尔看到这一切,拔出阴阳宝剑冲进屋里,一剑将老女人拦腰斩为两截。可还没等他看清楚,老女人的身子就倏忽不见了。

江格尔叫醒两个小孩,三个人一起吃了肉,他对小孩说了女妖的情况,然后拿出一根驼毛绳子,说:"我准备到地洞里去追赶妖精，我把这根绳子拴到腰上，只要我拽三下绳子，你们就用劲拉我上来。"

俩小孩点头答应了江格尔，于是他就顺着女妖消失的地洞口坠了下去。快步走了没多远见到一座白色毡房，他敲开房门，一个漂亮女人走出来。江格尔礼貌地施了礼，问道："你见到一个老女人跑过去吗？"说着还比划了老女人的形象。

女人一听就明白江格尔要找的是谁，便爽快地指给他女妖的黑茅屋。

江格尔到黑茅屋往里一看，见七个矮小的秃老头正在为她缝伤口。女妖闻到有生人气味，见江格尔站在门口，便歇斯底里地对七个秃老头吼道："你们快去杀了他！"

七个秃老头仿佛是被雷击了一样，立即从女妖身边跑开，一齐朝江格尔扑来。江格尔忙挥剑砍去，可是剑刃碰到他们身上立即就弹开了，几次都没有伤到他们。江格尔忙收起宝剑，两手各揪住一个秃老头，将他们的头猛地往一起一撞，一下子将他们的头颅撞得粉碎。他就这样撞碎了六个老头的脑袋。剩下的一个老头见势不妙，正拔腿想跑，江格尔一把抓住他倒提起来，一用力将他撕成了两半。

突然，女妖才生下三个月的儿子不知道从哪里冒了出来，他的脖子上还挂着牛角奶杯，尖叫着向江格尔扑去。那小妖精虽然很小，但却非常灵活，他在江格尔身前身后绕来绕去，江格尔怎么也抓不住他。两人打了二十四天，江格尔才终于抓住他。

江格尔将小妖精的头摁住，一剑砍向他的脑袋，没想到他的伤口居然不流血，而且还能迅速愈合。江格尔气得抓住小妖精的头拎了起来，发现小妖精胸口上有一个小洞，他将宝剑插进去一剜，拽出小妖精的心脏，那心脏突然燃起烈火。

江格尔赶忙将他一摔，烈火点燃了黑茅屋。江格尔眼看着自己要被烈火吞噬，急忙大声念诵起六字真言，并呼唤佛祖来保佑。当他呼唤了七次之后，倾盆大雨从天而降，顿时浇灭了熊熊烈焰，老妖精和小妖精以及黑茅屋也化成了灰烬。

江格尔脱险之后再次来到白毡房，问那个漂亮女人："你是谁？怎么一个人住在这里？"

女人悲伤地说："我本是天庭大慈悲天神的女儿，有一天我觉得寂寞无聊，就来到凡尘的森林里采蘑菇，不想遇到了这个老太婆。她甜言蜜语地说要带我去一个神奇的地方，说那里一年四季如春，没有酷暑与严寒，男人们个个都像山一样高大。我出于好奇就跟着她来到这里。谁知她将我关在这间毡房里，后来她生下了小妖精，就让我做了他的奴婢。她还说就是要脱掉我高贵的外衣，让我也体验一下当贱民的滋味。我几次想逃走，她就给我吃了一种药，我的腿就软得走不动路了。"

女人述说完，要江格尔救她出去。江格尔答应了她的要求，在她的腰上绑上绳子，然后拽了三下，上面的两个小孩子接到信息，拉紧绳子将她吊出地洞。俩小孩又将绳子放下，江格尔拉来绑在自己腰上，又拽了三下，让小孩子往上拉。

俩小孩用劲拉绳子，可是拉了一半却不拉了，江格尔便在下面大声喊叫。俩小孩反而用刀割断绳子，江格尔被重重地摔到地上，摔碎了他的右胯骨，他当即就昏死过去。

不知在洞里躺了多久，江格尔慢慢地苏醒过来，他觉得全身似乎散了架，忍着痛试着动了一下身体，除了双臂之外，其他部分都不能动弹了。他忙将祖传白玉放进嘴里，疼痛稍微缓解了一些。他以为这个意外是因为绳子不结实，想叫小孩子下来救他，可是试了两次，声音都传不出去。

江格尔躺在地上思考着逃生的办法。这时，有一雄一雌两只老鼠跑了来，雌鼠吱吱地叫着爬到江格尔身上，猛地咬了他一口。江格尔本能地挥手打去，一下子打断了雌鼠的脊梁骨，它凄厉地惨叫吓得雄鼠仓惶而逃。

不一会儿，江格尔听见老鼠轻微的叫声，他抬起头一看，见雄鼠拖来一片绿树叶，雌鼠很快吃下了树叶。不一会儿，就见雌鼠的身体开始动起来，又过了一阵，它突然站了起来，活动了一下四肢，在地上跑了几步，然后直奔江格尔身边，又照着他的腿狠咬了一口。

江格尔挥起巴掌，一掌打碎了它的左胯骨，它再次被打瘫在地。

雄鼠吃了一惊，看雌鼠还在喘气，就匆匆地跑了。

过了一天，雄鼠又衔着一片绿树叶来了。江格尔看到雄鼠喂雌鼠吃了树叶，不一会儿，雌鼠就恢复了健康。江格尔顿时明白了这种树叶的神奇，见雄鼠还没有最后吃完，他猛然伸手夺过，吓得雄鼠慌忙拖着尾巴跑了。

又过了一天，雄鼠又衔来那种树叶，江格尔再次将它夺去。尽管如此，雄鼠并不气馁，它继续去衔来树叶，可是每次都被江格尔夺去。如此反复多次之后，江格尔估计神树叶积聚得差不多了，他就开始吃起来。吃下去没一会儿，肚子就开始咕咕叫，身子像是在被烈火炙烤，全身的骨头也在嘎巴作响。过了一会儿，他活动了一下四肢，觉得不疼了，于是他一使劲就坐了起来。

江格尔给了雌鼠一片神树叶，它几口就吃了下去，很快也恢复了健康。他想，老鼠一定知道出路，于是就跟在老鼠后面，也不知拐了几道弯，跨了多少坎，终于走出了地洞。离洞口不远，江格尔就看到一棵大树，树上的叶子与他所吃的一模一样，他知道这一定就是那棵神树，便爬了上去摘了二十片树叶，心想救洪古尔时可能有用。

江格尔先把树叶给了被救的那个女人一片，女人吃下以后，瘫痪的双腿很快就可以走动了。江格尔送走了女人，然后从原路下到地狱。江格尔走了七天，进了一道大红门，碰到三个美丽的女人。她们见江格尔步履蹒跚，就叫住他问道："诺颜大哥，你从哪里来，要到哪里去？"

江格尔便直接报出自己的身份，女人们并不是妖精，她们拿出许多好吃的东西送给江格尔，并说："诺颜哥哥，我们知道洪古尔就被关在地狱的最底层，每天有八千个魔鬼各抽他一皮鞭，再割他一刀，现在他已经奄奄一息了。"

江格尔听了，哪里还能吃下东西，匆匆地向女人们道了谢，拔腿就要走。

三个女人一起拦住他，说："我们是专门为帮你而来的。你要先吃饱肚子才有力气与妖怪搏斗啊。"

江格尔仔细看看她们，觉得她们也不像是在说谎，于是坐下来狼吞虎咽地填饱肚子。在女人们的带领下，他很快就来到海底地狱。他看到，在一间阴森森的大殿里，八千个恶魔有的在吃饭，有的在睡觉，有的正在对抓来的人施加酷刑。江格尔怒不可遏，大吼一声就冲了进去，挥拳打倒了几个恶魔。

恶魔见有人闯入，扔掉正在吃的食物，都操起家伙就向江格尔扑去。他们把江格尔围在中间，长短兵器劈头盖脑地朝他身上打去。

江格尔毫不畏惧，一把抓起其中的一个恶魔，将他抛到空中，举起宝剑"扑哧"一声穿透他的身体。一连灭了四个大妖怪，他沿着甬道继续前进，在一个低凹的地方发现地上有一堆白骨。他试着喊了几声洪古尔，发现那堆尸骨在微微移动。他又连叫了几声洪古尔，尸骨竟发出了铮铮的响声。他确定这就是洪古尔，便噙着泪水将尸骨装进鹿皮口袋，背在肩膀上匆忙地顺着来路上了海岸。

来到岸边的草地，江格尔将洪古尔的尸骨在地上拼成原形，然后将神树叶铺在上面，默念着六字真言和佛祖的名字，从日出念到日落，尸骨上慢慢地长出了新的肌肤，现出了洪古尔的形象，并且有了一丝微弱的气息。此时天上突然降下一场香雨，经过香雨的沐浴，洪古尔居然活了过来。

洪古尔揉了揉眼睛，见眼前站的是江格尔，他觉得好奇怪，疑惑地问道："伟大的圣主，我们怎么会在这里啊？"

江格尔见洪古尔活了过来，激动地将他搂进怀里，愧疚万分地说："我的好兄弟，是我让你受苦了，咱们回家去吧。"

洪古尔完全想不起来前面发生的事情，站起来拉了江格尔就走。

江格尔将洪古尔完整地带回了宝木巴。

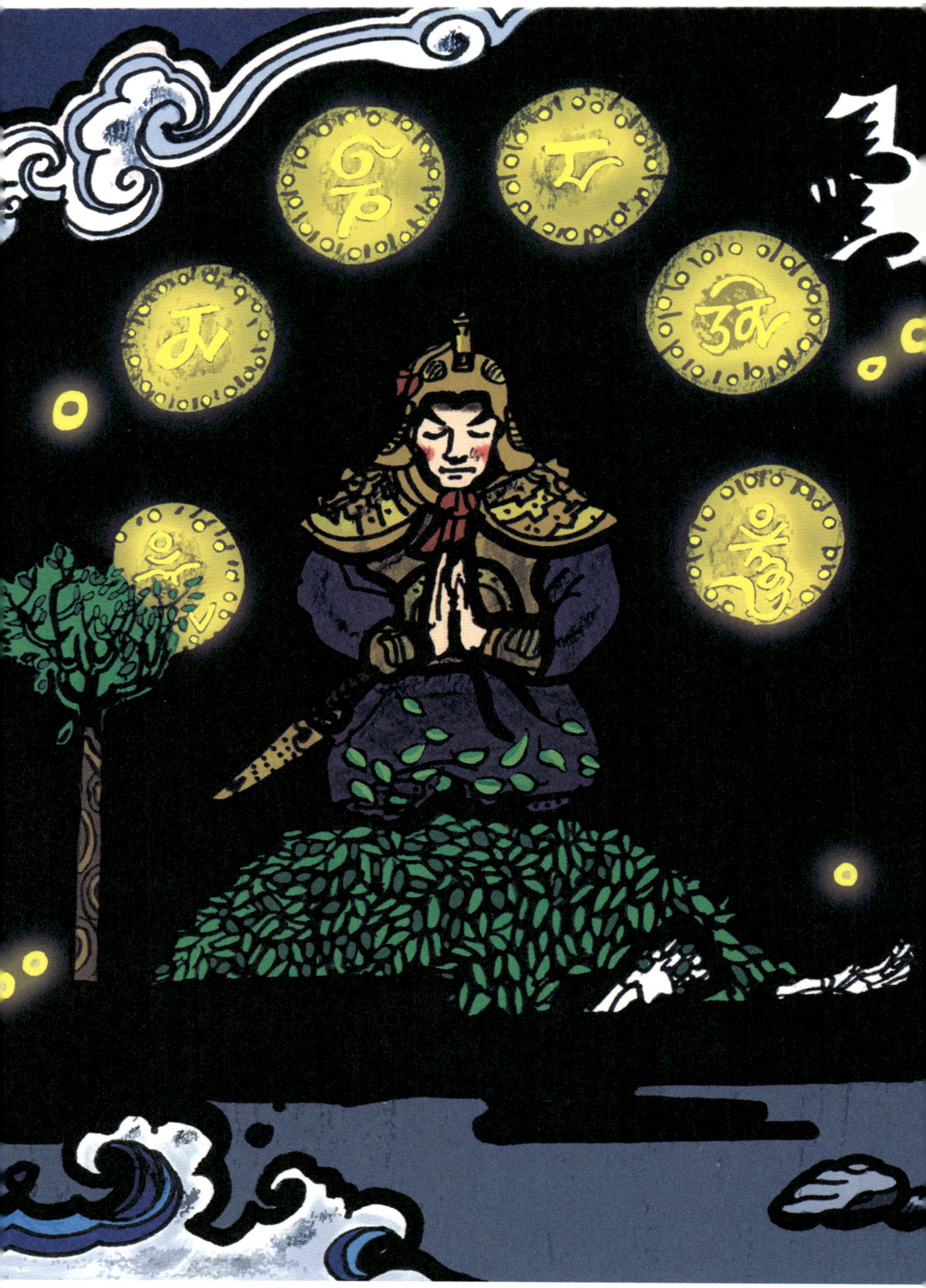

回到宝木巴，江格尔看到黄金宫殿已修葺一新，心里非常高兴，立即宣布举行盛大的宴会，感谢众勇士对他的支持。洪古尔见到硕布术尔，将他搂进怀里亲了又亲，越看越觉得喜欢，重新给他起个名字叫额尔柯·巴达玛。

江格尔欣然接受了洪古尔给他儿子取的这个名字，因为他觉得洪古尔为了宝木巴九死一生，立下了不可磨灭的功勋，这也算是对他的一个奖励吧。

第十一回

暴君哈拉·肯尼斯的灭亡

在日落地方的大海边,住着暴君哈拉·肯尼斯。他对内强征暴敛,大施苛政;对外大搞扩张,弱肉强食。他征服了周围的七个国家,号称是世界上四十万蟒古斯的霸主,无数强悍的勇士都被他招降了。他出征时,前后左右有八万勇士跟随,宝座旁有四万名勇士围坐。右边首席是能敌七万名勇士的伯克·察干,左边首席是预言家纳仁·康斯奎。

纳仁·康斯奎是个占卜师,能知道过去四十九年发生的事情,预测未来四十九年的吉凶祸福。酒宴正酣时,他就向哈拉·肯尼斯说起了宝木巴,述说了江格尔的仁厚和洪古尔等人的勇敢。

纳仁·康斯奎话音刚落,刚愎自用的哈拉·肯尼斯顿时恼羞成怒,他一拍宝座,将他的占卜师骂了个狗血喷头,立即要伯克·察干去将洪古尔擒来,说只要他能够活捉洪古尔,就可以满足他的十大心愿。

在宝木巴,阿勒坦·切吉测到了哈拉·肯尼斯的打算,忙去黄金宫殿向江格尔禀报了伯克·察干要进攻宝木巴的事。

江格尔听了这个消息十分愤怒，他激动地说："我从来不去侵犯别人，可是想不到有人要来侵犯我。洪古尔的身体刚刚康复，现在暴君哈拉·肯尼斯又要来捉他，真是岂有此理。"

洪古尔"呼"地站起来，说："世界上从来就是弱者受人欺。我们越是表现怯弱，就越会受人欺辱。伟大的圣主，您就让我去迎战吧！"

巨腹大汉古赞·贡贝接着站起来，说："洪古尔说得对，我们是江格尔的勇士，我们怕过谁，就让我去迎战吧！"

萨纳勒也不甘落后，说："还是让我去吧，我的手都闲得发痒了。"

勇士们的表现让江格尔非常满意，有这样勇敢、忠实的大臣，宝木巴何愁不繁荣昌盛！

阿勒坦·切吉预言道："下月初八，伯克·察干将来到哈达克河，我们可能会在河的东岸与敌人交锋。"

江格尔当即根据大家的意愿决定派洪古尔前去迎敌。

蒙根·希克希尔格一听儿子又要去出征，就激动地要去找江格尔。因为他早就听人说过哈拉·肯尼斯的厉害。

可是洪古尔主意已定，蒙根·希克希尔格最终还是拗不过洪古尔。洪古尔告别了双亲和妻子格孜仁娜，跨上白鼻梁铁青马，威风凛凛地出发了。

洪古尔日夜兼程狂奔了四个月，来到哈达克河畔的平顶山。这是阿勒坦·切吉所说双方交战的地方。他在这里整整等了七七四十九天，就在他焦急得火冒三丈的时候，伯克·察干终于骑着赤兔马来了。

在伯克·察干出来前，纳仁·康斯奎就告诉他，与他交战的是洪古尔。他原以为人称雄狮的洪古尔一定是人高马大，威猛异常，现在看到洪古尔差不多比他矮了一个头，不屑地将嘴一撇，说："难道你就是雄狮洪古尔？"

"怎么，难道不像吗？"洪古尔气愤地反问道。

"哈哈！一个小毛孩子，吹牛去吧。"

洪古尔不再答话，举起巨斧拍马上前。

伯克·察干则挺着八十庹长的长矛迎战。一片刀光剑影，日月无光，两人从山下打到山上，又从山上打到山下；从岸上打到河里，又从河里打到岸上，酣战了四十九个昼夜，不分胜负。后来俩人干脆跳下马背，脱去身上的铠甲和衣服，赤裸着全身开始摔跤。抱在一起摔了三天，洪古尔最后将伯克·察干摔倒在地，并一屁股坐在他的身上，压了他整整四天四夜。

到第五天的早晨，伯克·察干趁洪古尔稍有疏忽，猛一翻身又将洪古尔压倒在地。

洪古尔在伯克·察干的胯下挣扎了两天，待他筋疲力尽后，伯克·察干用碗口粗的铁链捆绑了他，将他拴在白鼻梁铁青马的长尾巴上，将铁青马的缰绳拴在赤兔马的鞍子上，日夜兼程地奔回去领赏了。

洪古尔法术失灵，被拖得皮开肉绽，遍体鳞伤。鲜血染红了所经过的草原，犹如绽开的一朵朵玫瑰花。

在一个大草场，一个叫乃仁·乌兰的八岁小牧童放羊时，见伯克·察干的马后面拖着一个人，他上前一看不禁大吃一惊，想不到那人竟然是洪古尔。现在已经是血肉模糊，昏迷不醒。他立即骑马狂奔回家，将情况告诉了母亲。

乃仁·乌兰的母亲来自宝木巴，因为丈夫去世所以改嫁来了这里。她从来就对洪古尔十分钦佩，现在听儿子说出这样的事情，简直不敢相信。她揪着儿子的衣领问道："你刚才说的都是真的？"

"是的。"乃仁·乌兰肯定地说。

乃仁·乌兰的母亲急道："那你还待着干什么？还不快给江格尔报信去！"

乃仁·乌兰告别了母亲就匆匆上了路。他骑着黑马一路拼命狂奔，用两个月就跑完了四个月的路程。

凯·吉勒干正在宫门口巡视，见一个小孩子骑着马匆匆而来，忙上前拉住他的马缰，想问他是从哪里来的。

乃仁·乌兰见到凯·吉勒干，只开口说了半句："快，快去救……"就一头栽下马背。

凯·吉勒干忙抱着乃仁·乌兰进到宫殿的客房，将他平放在木案上，让人端来一碗奶酒，喝上一口含在嘴里，猛地喷在他的脸上。不一会儿乃仁·乌兰醒转过来。他急切地对凯·吉勒干说："你不要管我，赶快去救洪古尔！"

凯·吉勒干说："小孩，你不要着急，先说说你是谁，洪古尔怎么啦？"

乃仁·乌兰忙将自己所看到的情况一五一十告诉了凯·吉勒干。

凯·吉勒干忙带乃仁·乌兰来见江格尔。江格尔听完小牧童的话，深为洪古尔的安危担忧。他预感到洪古尔可能凶多吉少，于是心情变得十分沉重。

江格尔决定立即去营救洪古尔！

江格尔立即召集众大臣来到宫殿，他神情凝重地说："暴君哈拉·肯尼斯的大力士伯克·察干，将雄狮洪古尔俘虏，我决定要亲自去营救他。现在我发誓，如果我不能从哈拉·肯尼斯手中救出洪古尔，我就不再是宝木巴的可汗。"

江格尔话音刚落，众大臣纷纷反对江格尔亲自出马，宝木巴不能一日无主……

江格尔执意亲自前去，他将宝木巴的政事交给蒙根·希克希尔格和敖其尔·格日勒共同掌管，带着八名大巴特尔、三十三个伯东、六千零十二个勇士到大寺庙上了香，拜了佛，添了酥油，然后接受了大喇嘛的祝福。他命令萨布尔为先锋，儿子额尔柯·巴达玛为旗手，阿勒坦·切吉和哈布图一旁护驾，凯·吉勒干和萨纳勒压阵。在鼓乐与群众的欢呼声中，队伍浩浩荡荡地出发了。

暴君哈拉·肯尼斯正在劝诱洪古尔，如果他肯投奔自己，就给他享不尽的荣华富贵。洪古尔拒不受降，反而对暴君一顿痛斥，气得魔鬼暴跳如雷，立即将他关进了黑牢。每天有几个刽子手轮流地用蘸了毒蛇汁的皮鞭抽他。洪古尔身上鞭痕累累，惨不忍睹。魔鬼们觉得这样折磨他还不过瘾，就两天不给他吃喝，却当着他的面大吃大喝，但是洪古尔对此却不屑一顾。过了五天，魔鬼们眼看洪古尔要饿昏了，才端来掺有老鼠屎的炒面逼他干咽下去。

刽子手见常用的刑罚制服不了洪古尔，便将他放到火堆上炙烤。他身上的汗水滴到火堆上，无异于火上浇油，火焰蹿起有五庹高。刽子手们以为洪古尔必死无疑，可是当木柴全都化为灰烬，他们看到洪古尔依然完好无损，不禁气得咆哮如雷，将他五花大绑扔到了海里。

洪古尔在水面上随波逐浪地飘来飘去，却不肯沉没。刽子手们吓坏了，于是有人向暴君哈拉·肯尼斯提议把洪古尔交给那个长着十五个头的魔鬼。哈拉·肯尼斯没有同意，继续将洪古尔关在大牢，又加派了五百个人看管。

萨布尔来到一个十字路口，不知道该往哪个方向去。他焦急地东张西望，这时见一个中年妇女吆着牛走来，他忙上前拦住那个妇女，打听去哈拉·肯尼斯宫殿的路。

女人见萨布尔笑容可掬、和蔼可亲的样子，指着前面说："你从那条路一直往西走到一座红山前，就到了哈拉·肯尼斯的宫殿。不过这条路有不少的岔路和寸草不生的戈壁滩，而且还有沼泽地，不小心就会陷进去。"

萨布尔听说前面道路坎坷，怕走错路耽误时间，便想请女人带路。他从兜里摸出来一小块金子，对她说："你如果答应给我带路，我就把它赏给你。"

女人见了金子，又瞅了一眼萨布尔，其实她心里早就在想，如果能陪着这样的男人，即使死在路上也值得。她接过金子掖进怀里，说："那就跟我走吧。"

有了熟悉道路的人带路，萨布尔经过二十天的急行军，最先来到暴君哈拉·肯尼斯的宫殿前。他没有半刻停留就大叫着催马冲了过去，宫门前的四万个勇士仓促上阵，很快就被打得丢盔卸甲，乱成一团。萨布尔与他们恶战了七七四十九个日夜，打得敌人横尸遍野。

战斗正激烈时，江格尔率领着大队人马赶到了，见萨布尔被哈拉·肯尼斯的人马团团围住，形势十分危急，他立即就带着勇士们冲了上去，高声呼叫着："萨布尔，你千万不要慌，我们来了。"

萨布尔听到江格尔的吼声，力量陡然猛增，越战越勇。江格尔则紧紧咬住哈拉·肯尼斯不放，与他恶战了整整两个月，追着要他说出洪古尔的下落，不然就要他的狗命。

哈拉·肯尼斯虽然已经损失了众多人马，但他仍然不以为然地说："抓你一个洪古尔算什么，我还要杀掉你和你的儿子，捉你的夫人来给我洗脚。"

哈拉·肯尼斯的话气得江格尔差一点吐血，他拍拍手里的阿拉牟长枪，说："你少说大话，先问问它愿意不愿意。"说着挺枪就刺。

哈拉·肯尼斯低头躲过，回马就还他一狼牙棒。只听哐当一声巨响，震得江格尔虎口开裂。俩人又战了几十个回合，江格尔佯装不敌，拖着阿拉牟长枪就跑。

哈拉·肯尼斯不知是计，跟在后面紧追不放。待他将要追上时，江格尔突然返身抖动长枪，那枪如金蛇狂舞、蛟龙出海，照着哈拉·肯尼斯的面门刺来。哈拉·肯尼斯躲闪不及，被一枪刺中胸膛，而且枪还穿透了他盗骊马的前胸。江格尔想就势将他们挑起，谁知用力过猛，只听"咔嚓"一声，旃檀木的枪杆断成了两截，哈拉·肯尼斯也落荒而逃。

过了七天，哈拉·肯尼斯又带着人马包围过来。萨纳勒见江格尔的枪杆已经折断，就护着他冲出了包围圈。江格尔突出重围后，萨纳勒告诉他："离这里有四十天路程的一个地方，有一个名字叫阔库的铁匠，他的技术精湛，能够打造世界上的各种兵器。他一定可以帮你修好长枪。"并将去铁匠家的路指给了江格尔。

江格尔马上决定去修长枪，他默默地施展了法术，将四十天的路程缩短成二十八天，很快就来到了阔库铁匠家门外，看到炉火熊熊，人影憧憧，铁匠十分忙碌。江格尔不愿贸然去求铁匠，便用法术将阿冉扎勒变成普通的小马驹，自己则变成一个几岁的小孩子，悄悄地靠近阔库的铁匠炉。

阔库铁匠正指挥着徒弟锻打着一块烧红的铁块，几个人拉动着巨大的风箱，发出"啪哒、啪哒"的响声。他瞥了一眼摸进门的小孩，以为是来偷东西的，一铁钳就夹住了他的手，厉声道："你是谁家小孩，是不是跑来捣乱的？"

江格尔没想到刚踏进门就被铁匠发现，他忙吭哧着说："我家在很远很远的地方，父亲去世后家里很穷，想出来学点手艺。"

阔库铁匠放松下来说："我看你这个样子，该不会是来偷东西的吧？"

江格尔红着脸争辩道："我不是那样的人，家里再穷，也从来就没有偷过别人的东西。"

"那你说实话，到我这里来想干什么？"

江格尔见蒙混不过，只得硬着头皮说："我是宝木巴的江格尔。我的兄弟洪古尔被哈拉·肯尼斯捉去了,我来这里是为了救他。我与暴君激战的时候,我的长枪被他折断了。因为你是他的属民,怕你不愿意帮我修理,所以才变成这副模样,而且还说了假话。"

阔库铁匠听了,说道:"我早就听说过江格尔,都说他是聪明与智慧的化身。你现在就变回本来的样子,让我看看是真是假。"

江格尔闭上眼睛,口中念念有词,一阵风过后,他立即现出原形,刚才那个羸弱的小孩突然变成了英俊魁梧的壮汉。

阔库铁匠惊讶万分,握着江格尔的手激动地说:"果然是名不虚传。记得在四十五年前,你的父亲乌宗·阿勒达尔汗请我给他打造一根长枪,我在枪杆上密密匝匝地焊了十二道接头,不料有一根进去了一点气泡,留下了隐患,当时我想不会有什么大事,现在看问题终于出现了。都是我不好,快拿来给我修理。"

江格尔忙拿出长枪,阔库立即就帮他修理起来,换上了一根新的枪杆,还额外加了两道铁箍。阔库拿起来舞了一下,没发现什么问题,这才交给江格尔,并对他说:"你快去与哈拉·肯尼斯作战,我也要到光明的宝木巴去,再也不要在这里受苦受累,给暴君当牛做马了。"

江格尔匆匆告别了阔库铁匠,用了二十个昼夜又回到阵前。萨纳勒还在与敌人搏斗,见江格尔到来,便快马迎上他,俩人一齐跃马冲进敌阵,南北冲杀了六十个来回,东西又冲杀了六十个来回。哈拉·肯尼斯看他俩越战越勇,怕这样打下去自己吃亏,于是奋力逃出了包围圈。

江格尔并没去追赶，他让萨纳勒和儿子额尔柯·巴达玛去组织人员清理战场，救护伤员。自己则骑上阿冉扎勒直奔昆都仑查干山，在半山腰找到萨布尔，见他生命垂危，忙用神药给他涂抹上。不到一袋烟的工夫，萨布尔的伤口也很快愈合了。

萨布尔恢复了健康，立刻与江格尔一道去救洪古尔。路上，他俩遇到一个萨满女巫师。江格尔要她占卜，测一测洪古尔现在身在何处，吉凶如何，并说如果测得准就奖给她一群羊。

女巫听说有这样丰厚的报酬，立即拿出五色神帽神衣穿戴整齐，拿着神鼓、神刀、神杖、神偶，手舞足蹈地作起法来。她发疯般地又唱又跳，一直跳到口吐白沫，头发蓬乱，人事不省，仿佛真的与神灵有过一番亲密接触。过了一阵，她慢慢地睁开眼睛，向着远处凝视了一阵，好像是送走了神灵，这才对江格尔说："你要找的洪古尔已经身首异处，一部分成了黑熊的盘中餐，一部分在大黑鱼的腹中，一部分在凤凰的肚子里，只要你找到这三个动物把它们杀了，就能找到你的兄弟洪古尔。"

江格尔对萨满女巫的话信以为真，忍不住内心悲恸放声大哭起来。他给了女巫一块金子，让她到宝木巴去换上一群羊。他让萨布尔去找萨纳勒，一定要活捉哈拉·肯尼斯，并决定亲自去寻找那三种动物。

江格尔往南走了不知道有多少天，他来到一片梧桐树林，见一只美丽的凤凰栖息在一棵高大的梧桐树上，他向凤凰问道："美丽的凤凰，你可曾见到过洪古尔？"

凤凰说："我很久以来就一直栖息在这里，根本没见过你说的洪古尔。"

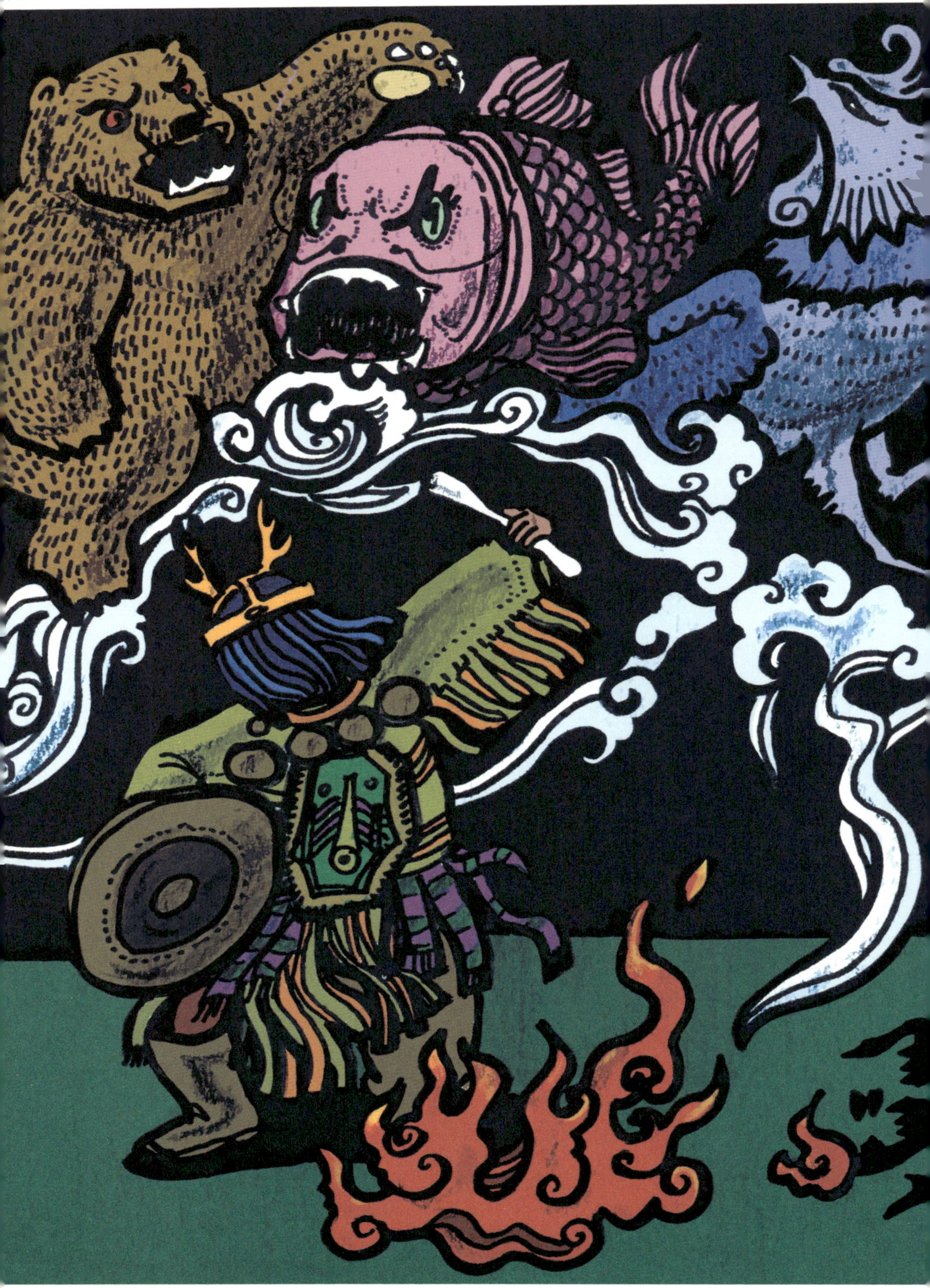

江格尔说:"可是有人说你见过他,而且还说他的一部分在你的肚子里。"

凤凰怒道:"是什么人这样无耻,要往我漂亮的身上泼污水?"

江格尔见凤凰涨红了脸,相信凤凰不会说假话。他失望地告别凤凰,又踽踽地去寻找黑熊。他来到一座大山,在这里寻找了四天,终于看到一只大黑熊摇晃着肥胖的身躯走出密林。

江格尔迎上黑熊一声大喝:"站住!"

黑熊平生第一次听到有人对它大喊大叫,非常生气,伸出肥厚的大爪子向江格尔打去。江格尔眼疾手快,一把抓住它的肥爪子就拧到背后,疼得黑熊大喊饶命。

江格尔厉声道:"我问你,你可曾见过我的兄弟洪古尔?"

黑熊说:"我一直在森林里没出过远门,怎么知道你的兄弟洪古尔呢?"

江格尔只得放下黑熊。

江格尔走了半个月来到了海边,他把最后的希望寄托于大黑鱼。

他从日出等到日落,从月亏等到月圆,终于,在一阵风浪过后,一个大漩涡中浮出一条十几庹长的大黑鱼。江格尔不由得惊喜万分,上前问道:"大黑鱼,你可曾见到我的兄弟洪古尔?他被哈拉·肯尼斯掳走快一年了。如果你能告诉我他的下落,我给你十头牛的奖赏。"

大黑鱼没有说话,张开大嘴对着海岸啐了一口,向岸上吐来一条皮口袋。江格尔忙解开皮口袋,见里面是一些白骨。他忍住悲痛将尸骨摆成人形，然后在尸骨上面铺上神树叶，轻轻地呼喊着洪古尔的名字，过了一阵，尸骨微微地有了动静。江格尔忙将神药撒在尸骨上，过了差不多一袋烟的工夫，洪古尔又一次复活了。

蒙根·希克希尔格听说儿子洪古尔失踪的消息，背上弓箭也来到哈拉·肯尼斯的国土，而且还做好了与哈拉·肯尼斯同归于尽的准备。当他来到哈达克河边时，看到儿子与江格尔精神抖擞的样子，顿时喜出望外。

蒙根·希克希尔格听说哈拉·肯尼斯还没有被擒，就坚持要跟他们一起去。江格尔说服不了老人，只好答应让他到军前督阵。老人看到儿子的铠甲已经破烂不堪，就脱下自己的铠甲给儿子穿上。

洪古尔穿上父亲的盔甲，与江格尔一起冲向敌阵。萨布尔、萨纳勒、额尔柯·巴达玛等人也赶来汇合。

哈拉·肯尼斯见到江格尔，讥笑道："哼，我的手下败将，你难道是来送死的吗？"

江格尔拍马上前，怒喝道："少说废话，看枪！"说着挺枪便刺，哈拉·肯尼斯急忙躲过，他俩恶战了三十三个回合，江格尔一枪刺中哈拉·肯尼斯的肚子，将他挑下马背。

在另一片草原上，伯克·察干一见洪古尔，顿时吓得腿肚子直转筋。他想，明明是自己亲手将他扔到海里的，他怎么还能够活着出来呢？他的眼睛瞪得像铜铃，一眨不眨地看着洪古尔。当洪古尔向他冲来时，他还没有回过神来。双方交战不到五个回合，他就脸色苍白，大汗淋漓，哑着嗓子喊道："洪古尔，我输了,你快来绑了我吧。"

洪古尔用粗牛皮绳捆了伯克·察干的手脚,叫人抬了去见江格尔。蒙根·希克希尔格见儿子精神抖擞地站在他面前,激动得挥起了拳头。

天空降下蒙蒙细雨,雨中还飘散着沁人心脾的馨香。香雨连续下了七天七夜,洗净了地上的血污,涤尽了人们的疲劳,受伤的人痊愈,战死的人又重获新生。江格尔派人烧毁了哈拉·肯尼斯的宫殿,率领着队伍回了宝木巴。

不久,阔库铁匠也带着他的徒弟来到了这里,江格尔让凯·吉勒干将他安置在了离宫殿不远的地方,阔库铁匠心情舒畅,决定广招门徒,以打造出更多更好的兵器。

此后,经过一场接一场的战斗,江格尔在草原上征服了一个又一个可汗部落,伟大的宝木巴一天比一天强大,这里的水草丰茂,牛羊成群。当江格尔再一次征服一个叫库尔门的可汗部落时,美男子明颜也在争战中百炼成钢,成了一个真正的勇士,并得到了美丽的新娘。这些草原的巴特尔和勇士们与江格尔一道,率领宝木巴人民生活在丽日阳光之下。

宝木巴雄鹰展翅,骏马奔驰,人民安居幸福,四周的部落仰慕江格尔的仁德威名,纷纷向江格尔称臣,从此,这片草原得到了长久的安宁。

编后记

藏族民间说唱体长篇英雄史诗《格萨尔》、蒙古族英雄史诗《江格尔》和柯尔克孜族英雄史诗《玛纳斯》被并称为中国少数民族的三大英雄史诗。

《格萨尔》被誉为"东方的荷马史诗",大约产生在公元前二三百年至公元6世纪之间,在公元7世纪初叶至9世纪间得到进一步发展。《格萨尔》记述了格萨尔一生以惊人的毅力和神奇的力量征战四方、降伏妖魔、造福人民的英雄故事,代表着古代藏族文学的最高成就。

《江格尔》约于15世纪至17世纪上半叶形成,记述了英雄江格尔为民保平安的生动故事。该史诗至今仍以口头和手抄本形式在蒙古族人民中广泛流传,成为家喻户晓的英雄史诗。

《玛纳斯》最初产生于13世纪,后来在流传过程中不断完善。《玛纳斯》叙述了玛纳斯一家八代领导柯尔克孜族人民为争取自由和幸福而进行斗争的故事,展现了柯尔克孜人民生活的巨幅画卷,是认识柯尔克孜民族的百科全书。

《格萨尔》《江格尔》《玛纳斯》三大少数民族史诗具有极高的艺术性和浓郁的民族特色,越来越受到国际关注,但因其卷帙浩繁,阅读难度较大。为方便读者阅读,作者降边嘉措、吴伟、何德修、贺继宏、纯懿等付出了艰苦努力,将三大少数民族史诗整理成通俗的故事,分别名为《格萨尔王传》《江格尔传奇》《玛纳斯故事》。在这里,我们谨向参与此项工作的顾问、作者等有关人员表示衷心感谢!

图书在版编目（CIP）数据

江格尔传奇 / 何德修编. -- 2版. -- 北京：五洲传播出版社, 2024.3
ISBN 978-7-5085-5183-8

Ⅰ.①江… Ⅱ.①何… Ⅲ.①长篇历史小说－中国－当代 Ⅳ.①I247.5

中国国家版本馆CIP数据核字(2024)第046624号

江格尔传奇

著　　者：	何德修
插图绘制：	王　罡
出 版 人：	关　宏
责任编辑：	宋博雅
助理编辑：	王逸凡
装帧设计：	北京正视文化艺术有限责任公司
出版发行：	五洲传播出版社
地　　址：	北京市海淀区北三环中路31号生产力大楼B座6层
邮　　编：	100088
发行电话：	010-82005927，010-82007837
网　　址：	www.cicc.org.cn　www.thatsbooks.com
承　　印：	北京圣彩虹科技有限公司
版　　次：	2024年5月第2版第2次印刷
开　　本：	155 mm×235 mm
印　　张：	12.5
字　　数：	125千字
定　　价：	54元